ラルーナ文庫

ポンコツ淫魔とドSな伯爵

鹿能 リコ

三交社

CONTENTS

Illustration

れの子

ポンコツ淫魔とドSな伯爵

本作品はフィクションです。
実際の人物・団体・事件などにはいっさい関係ありません。

かつてガリアと呼ばれた地域に、今も中世の街並みを残す村がある。その村の森の奥には、清らかな水が湧《わ》き出る泉があった。

馬の神、旅人の守護神、豊穣《ほうじょう》の神、そして泉の神として知られた女神エポナの聖地だ。古《いにしえ》の女神への祭祀《さいし》は絶えてひさしく、訪れる者も少ない。

夜ともなれば森は静まり返り、聞こえるのは、かすかな水音だけだ。

その、無人のはずの泉に、ひとり男がたたずんでいた。

正しくは、そこにいるのは男だけではない。

男に寄り添うように、ほのかな光を放つ〝何か〟がそこにいた。

「道案内、ご苦労だった」

エポナの使い――翼ある馬――に、男が優しく話しかける。

天馬の光を受けて、男の相貌《そうぼう》が輝く。しかし、その足元に影はない。

伝説の馬と同じように、男もまた、この世ならざる者なのか。

「古の力ある御方、すべての馬と旅人の守護者にして騎乗する女神よ、あなたの命に従い、参上いたしました」

シャツに揃《そろ》いのベストとズボン姿の男が、右足を引いて右手を胸に添え、左腕を横方向に水平にあげた。

優雅なボウアンドスクレイプは、ルイ十四世時代の宮廷から抜け出たようだ。

『変わらず健勝のようですね、伯爵』

岩の裂け目、水が流れ出るあたりから、力強い女の声がした。それと同時に、髪の長い女の形をした光が、水面に浮かびあがる。

すると、森の奥から白く輝く馬が一頭、また一頭と姿を現した。

全部で六頭。白銀に輝く馬体、尾もたてがみも純白だ。そして額には、長く鋭い一本の角が生えている。

一角獣か……。初めて見るが、なんと、美しい精霊なのか。

欲しい、と伯爵が心の中でつぶやく。

一角獣をこの手にできたら。……あぁ、想像するだけで、こんなにも心躍る。

伯爵の羨望《せんぼう》のまなざしを感じたか、一角獣の一頭が、威嚇《いかく》するように頭をさげた。眉間《みけん》の槍《やり》を伯爵に向けて前足で地面をかく。

これはこれは、すっかり嫌われてしまったな。

けれども、それは当然のことだ。一角獣は処女以外の人が触れることを許さない。触れるとすれば、その角で敵を貫く時のみ。

優美な姿に反して、高い攻撃力を持つ、気性の荒い精霊なのだ。

だからこそ……欲しくもなるのだが。

うつむいたまま伯爵が口角をあげる。この、不敵な男から女神を守るように紺色の瞳《ひとみ》を爛々《らんらん》と輝かせながら、一角獣は伯爵に視線を据えていた。

『さて、伯爵。わが友よ、そなたにたっての頼みがある』

「友などと恐れ多いことでございます。私は、あなたの美しさに魅せられた憐《あわ》れな奴隷。気高き貴婦人の憂いを払うためならば、どのような試練でもお申しつけください。褒美は、あなた様の笑顔で十分です」

まるで姫君に仕える騎士のように、芝居がかった口ぶりで伯爵が返す。

しかし、その大仰な物言いが、過剰なまでの優雅な仕草が、伯爵の甘いマスクにぴたりとはまっていた。

すらりと伸びた長い手足、均整のとれた肉体は引き締まって逞《たくま》しい。外見は三十代の半ばに見える。

整った顔をふちどるのは淡い金髪で、洒脱《しゃだつ》な伊達男《だておとこ》といった雰囲気であったが、理知的な水色の瞳が、伯爵の呼びかけにふさわしい気品を醸し出していた。

『その言葉に甘えさせてもらう。……百年ぶりにこの森で、ユニコーンが産まれた』

中世そのままの景色を残す田園地帯であろうとも、人が増え、車が走り、携帯やスマホの電波が飛び交うことで、自然の力をそぎ落とし、損なってゆく。

精霊は自然の気が凝《こご》ったものだ。ユニコーンほどの霊獣ともなれば、それが産まれるためには、膨大な気が必要となる。

この時代にユニコーンが新たに産まれるということは、奇跡のような出来事なのだ。

『だが、その仔馬《こうま》が……我らの愛《いと》し仔が、何者かにかどわかされた』

「かどわかされた？」

衰えたといえども、女神の結界は強力に森を――精霊界を――覆っている。

待望のユニコーンの仔馬であれば、幾重にも張られた結界と仲間の成獣たちに守られ、大切に育てられていたであろう。

それなのに、かどわかされた。ありえない事態だと、伯爵が目を見開く。

「この結界を破って、誰《だれ》かに、連れ去られたと？」

『犯人はわかっている。人だ。人により、海の向こう、遙《はる》か遠く異国の地に連れ去られた。日本《ジャポン》という国だ。かの地の神が、ユニコーンの気配があったと、わざわざ我のもとへ御使者を遣わしてくれた』

女神の言葉に誘《いざな》われたように、闇《やみ》の中から三本足の烏《からす》が進み出た。

『人の子の好む蹴球《しゅうきゅう》とやらのおかげで我らとも縁が出来た。ヤタガラス殿という』

「驚いた。本物の八咫烏《やたがらす》とは。では、遣わしたのは、熊野三山《くまのさんざん》のどなたかで？」

『これはこれは、異国の方よ、我らが主《あるじ》をご存知なのですか』

目を丸くする伯爵に向かい、八咫烏が尋ねる。

「昭和天皇の御代に、五年ほど日本に滞在しておりました」

伯爵が流暢《りゅうちょう》な日本語で答えると、八咫烏が『おお』と驚きの声をあげた。

「八咫烏殿、ユニコーンが日本に連れて行かれたというのは、確かなことなのですか？」

『応とも。熊野三山は日本全土に分社があり、日本を覆うねっとわぁくを構築しておるのだ。空港のある成田市にも、熊野神社はある。そこからの知らせよ。曰《いわ》く、人の子がゆにこぉんと呼ぶよぉろっぱの神獣と思われる気配がした、とな』

八咫烏は女神に比べれば人の世に詳しく、横文字までも駆使してみせた。

「では、そのネットワークでユニコーンの居場所もわかっているのでは？」

『否、成田に到着して半刻もしないうちに、ゆにこぉんの気配が消えてしまったのだ。神獣が消えるなど、あってはならぬ大事だからのう。主殿がそれがしを遣わした。このご時世、我ら神界も助け合いのぐろぉばるねっとわぁくを作らねば。それこそが、結びの大神のご意向であり、我ら眷属《けんぞく》の使命なのだ』

バタバタと羽を大きく羽ばたかせ、八咫烏が熱弁をふるう。

『このようなわけで、伯爵、そなたには日本に行き、愛し仔を探し出し、我がもとに連れ帰ってほしい』

「かしこまりました。女神の頼み、わが身にかえても果たしましょう。明日には日本に向かい、探索をはじめます」
『では、それがしが日本を案内いたしましょう』
八咫烏がふわりと伯爵の肩に乗り移る。
『それがしの名は、三津丸《みつまる》。伯爵よ、しばしの間、よろしく頼み申す』
烏は光の玉に姿を変えた。光の玉は、伯爵の体の中に溶けるように入っていった。
「それでは、失礼いたします」
伯爵が別れの言葉を告げ、再び女神に向かって深々とお辞儀をする。
次の瞬間、すぅっと蠟燭《ろうそく》の炎をかき消したように伯爵は姿を消した。
続いて女神や一角獣も消えてゆく。
後には、暗闇と、こぽこぽと水の溢《あふ》れる音だけが、静かな森に響いていた。

ミシェル・ド・メルガルは、彼を知る者からは伯爵と呼ばれる宝石商であった。

メルガルのミシェルという名の通り、先祖はメルガルを領地とする伯爵家、しかも現当主だ。

革命により領地は失ったが、今でもメルガル家は財閥の名に相応の資産を有している。

その伯爵が、日本の地――成田空港――に降り立った。

今日の伯爵は、オーダーメイドのスーツに身を包んでいる。先の尖《とが》った革靴、ネクタイピンとカフスは、瞳と同じ明るいブルーの大粒のパライバトルマリンであった。

昨晩、伯爵はベルギーのアントワープに滞在していた。

宝石商としてダイヤモンドの取引を終え、別邸でくつろいでいたところに天馬の訪問を受け、くだんの泉まで霊体を飛ばしたのだ。

『やはり、故郷はいいものですなぁ』

「この醤油《しょうゆ》の匂《にお》いを嗅《か》ぐと、日本に来たという実感がわきます」

伯爵は歩きながら意識で空港を探索した。

この、税関に続く通路にも、ユニコーンの気配がほんのわずかだが残っていた。

意識を飛ばし、気配の行き先を辿《たど》る。建物を出て駐車場に至ると、そこで、ぷっつりと気配が消えていた。

車に結界を張ったか……。追手を意識したわけではなかろうが、慎重なことだ。

ついと伯爵が形のよい眉《まゆ》をあげた。

水色の瞳が向いた先には、安物の吊《つ》るしを着た四十代の男が立っていた。一見すれば、どこにでもいる、普通のサラリーマンだ。少し寂しい頭髪の下には柔和な顔がある。

「どうも、伯爵。おひさしぶりです」

「増田《ますだ》か。ひさしぶりだな。いつ、俺の来日を知った」

「いいえ、まったく存じませんでしたよ。けどねぇ、こう……勘というんですか。今日は成田に行かなきゃいけないって気になりましたんで」

ぺこぺこと頭をさげ、伯爵の機嫌をとるように増田が答えた。

「まぁいい。おまえがここに来たということは、俺に用があってのことだろう。聞いてやるかわりに、荷物持ちをしろ」

「ご明察です。少々厄介な話がありまして、伯爵にご助力いただければ……と。そうそう、空港へは車で来ていますので、伯爵のお望みの場所まで送らせていただきますよ」

「殊勝なこころがけだ」

鷹揚《おうよう》に伯爵がうなずいてみせる。

急な日本行き、しかも私用だ。伯爵は秘書をともなわず、単身での来日であった。

増田は「いやあ、相変わらず伯爵は美男子でいらっしゃる」と無駄口をたたきながら、嬉《うれ》しそうに伯爵からアタッシュケースを受け取った。

「しかし、随分荷物が少なくていらっしゃる。このアタッシュケースひとつだけとは」

「必要な物は別邸にすべてある。今の時代、カードとスマホがあれば、困らない」

「ははぁ。身の回りのお世話は、眷属——伯爵の場合は人工精霊でしたか——が、いれば十分ですしなぁ。いやはや羨《うらや》ましい、優雅なものです」

　空いた左手で増田が額を叩《たた》いた。

　伯爵は悠然と、増田が小走りで後に続き、ふたりは駐車場まで移動した。

「しかし、伯爵は世界中にいくつ別邸を持っていらっしゃるのですか？　本宅はフランスと聞いていますが、私が知っているだけでも、パリ、ニューヨーク、ロンドン、ミラノ、アントワープ、デリーに香港でしたか」

「ヨハネスブルグにドイツのイダー。ダイヤと宝石の主要な取引所がある場所には、たいてい屋敷を構えている。その方が、便利だからな」

「いや、さすがは伯爵。豪勢なことです」

　そうして、増田の自家用車——四ドアの白いセダン——にふたりが乗り込んだ。

「伯爵は、どのような用件で日本にいらっしゃったのですか？　それは、同行されている八咫烏様と関係あるのでしょうか」

「守秘義務に関《かか》わるので、答えられない。が……いずれ、おまえの手を借りることがあるかもしれない」

「なるほど、なるほど。それはそうでしょう。いや、年をとると余計なことを聞いてしまいます。私にできることなら、なんなりとご協力いたします」

「頼りにしている。それで、依頼の内容は？」

「悪魔退治です」

「日本に本物の悪魔が出たのか。珍しいことだ」

カソリック、プロテスタント問わず、キリスト教会にはエクソシストが存在するように、キリスト教文化圏において悪魔はメジャーな存在だ。

しかし、日本において悪魔は――それを使役する魔術師の存在も含めて――知名度は高いが、現実に悪魔が原因の憑霊《ひょうれい》現象は、極めて稀《まれ》だ。

悪魔と名乗る存在はあれども、正体は野狐《やこ》やたちの悪い死霊、人工精霊、いわゆる式や式神といわれるものばかりである。

そして、増田は伯爵が荷物を預けるほど信頼している心霊専門の情報屋兼仲介業者で、増田が悪魔といったなら、それは、悪魔が原因の心霊現象なのである。

面白いことになったな……。ユニコーン探しに、日本での悪魔退治。どちらも、滅多にお目にかかれない依頼だ。

伯爵の好奇心が疼《うず》く。

「日本にも、もちろん悪魔祓《ばら》いも請け負う専門家はいます。しかし憑依《ひょうい》されたのが、悪魔に憑《つ》かれていると噂《うわさ》になるだけでも問題のある方でして。私も誰に依頼しようか悩んでいたところに、伯爵が来日された。これはもう、いっそ天啓だと思った次第です」

「そこまで気を遣うとは、相手は名家か？」

「旧華族です。依頼者は井上信彦《いのうえのぶひこ》氏。カトリック系の中高大一貫の女子高で日本史の教師をしています。憑かれているのは井上氏の祖母。井上氏が勤務する学園の理事長で、教育者としても知られた女性です。井上綾乃《あやの》様とおっしゃいまして、お年は七十六歳。そして、ここが問題なのですが、彼女に憑いた悪魔は淫魔《いんま》――インキュバス――です」

「それは、外聞をはばかるな」

名の知れた名家の一員。しかも清純や貞節を生徒に教育する立場の女性、しかも老婆が、淫魔に夢中になっているのだ。

極秘中の極秘事項。滅多な者に悪魔祓いは頼めない。

「私が人選に苦慮したのもわかりますでしょう。しかし、伯爵ならば、同じ貴族の出身ですし、上流階級というものをわかっていらっしゃる。絶対に秘密はもれない。その上、超一流の魔術師ですから、あっという間に事件も解決しますしね」

「確かに、淫魔の一匹ていどなら、朝飯前だ」

気負うでもなく、伯爵が答える。

古の女神に友と呼びかけられる伯爵ならば、低級悪魔など、一瞥《いちべつ》しただけで逃げ出すだろう。

とはいえ、逃すつもりはない。確実に捕まえる。

さて、どうやって捕まえるか。少しは歯応《はごた》えがあるといいのだが。

憐れな生贄《いけにえ》——淫魔——を思い、伯爵は水色の瞳を細めた。

狩る者となった伯爵の表情をバックミラーで確認すると、増田がおっかないとでもいいたげに肩をすくめたのだった。


その日の晩、日付のかわる頃。横浜にある井上邸は、どこかはりつめたような静けさに覆われていた。

原因は、このところ井上家の当主である綾乃の体調が優れないためだ。

同居している孫の信彦や住み込みの家政婦も、寝たり起きたりの女主人を気遣い、物音をたてないよう注意して生活していた。

井上邸は邸宅と呼ぶにふさわしい重厚な洋館で、広い庭には赤や白、ピンクや黄色といった鮮やかな薔薇《ばら》が彩をそえていた。

その薔薇の上を黒い影がよぎり、綾乃の寝室に近づいていった。

開いた窓の隙間《すきま》から、黒い影が寝室に忍び込む。

　小さな影はもやもやとした煙のようなものに変わり、次第に大きくなっていった。煙が人型を取り、三十歳前後の陽気で愛嬌《あいきょう》のある男になる。

「やあ、綾乃。今晩も君に会いに来たよ」

　親しげな口調で呼びかけると、男は綾乃のベッドに腰をおろした。

「あぁ……、義信《よしのぶ》さん。今晩も来てくれたのね」

「体調はどうだい？」

「義信さんに会えたから、すっかり元気になったわ」

　嬉し気に答えると、綾乃が身を起こそうとした。

「寝ていなさい。無理をしてはいけないよ。僕の、かわいい奥さん」

「ありがとう。じゃあ、お言葉に甘えて……このまま横になっているわ。こうしてあなたと会っていると、四十年前に戻ったよう。あなたがいて、文信《ふみのぶ》がいて、義武《よしたけ》がいて……。家族四人で過ごす幸せが、ずっと続くに違いないと信じていたあの頃に」

「……僕が事故死してから、君は苦労のしどおしだった」

「えぇ……。そうね。でも、あっという間の四十年間でした。あなたがいなくて、とても辛《つら》い時もあったけど……天国であなたが見守っていると信じて、耐えてきました。この年になって義信さんに会えるなんて、きっと、もうすぐ私が天に召されるからね」

「そんな気弱なことをいってはいけない。僕は、君を励ますためにここに来ているんだ。

だから、ねぇ。綾乃。僕のためにも君は、元気にならなくちゃいけないよ」

「そうね」

こっくりと綾乃がうなずいた。夫とふたりのこどもを授かった、幸福な若妻の表情で。

「ねぇ、義信さん。手を握ってくれますか？」

「もちろん。それが、君の望みなら」

義信が綾乃の手を取った。壊れ物でも扱うように優しく綾乃の手を握る。

「あぁ……。温かい。大きな手。私、幸せだわ。またこうして、義信さんに手を握ってもらえるんですもの。夢を見ているみたい」

亡き夫に手を握られ、綾乃がそっと息を吐く。そして、満足そうに目を閉じた。

「夢じゃないよ、綾乃。僕は、ここにいる。いつでも君を思っているよ」

「私も、いつもあなたを想っています。思い出すわ。あなたとの婚約が決まった日のことを。義信さんは私たちの憧《あこが》れの的で、私、ずっとあなたのことを見ていたのよ」

「知っていたよ。僕も君のことが気になっていた。清楚《せいそ》で控えめで、いつも素敵な笑顔を浮かべていた。お嫁さんにするなら、こんな娘がいいなと思っていたから、井上家へ婿に入ると決まった時は、僕も心底嬉しかったんだよ」

「そうでしたわね……。私たち、親の決めた結婚でしたけれど、相思相愛だったんですよね……。私は、あなたに一生分の恋をして、それが叶《かな》ったんですもの。ほんの五年の結婚生活でしたけど、本当に、本当に、私、幸せだった………」

綾乃の声が弱まり、そして、寝息にとってかわった。

義信は綾乃の手を離し、名残惜しそうに閉じたまぶたに口づけた。

「おやすみなさい、よい夢を」

義信が寝台から立ちあがった。義信の姿が縮んで一匹の小さな蝙蝠《こうもり》に変化する。

蝙蝠は、ゆるやかに滑降し、窓を抜け、屋外に出た。

建物から五メートルほど過ぎたところで、ふいに空中に光の網が出現し、蝙蝠の羽が絡めとられる。

「ひゃあ！」

間抜けな声をあげながら、蝙蝠が地面に落ちてゆく。

芝生に落ちた蝙蝠が、光の網から逃れようと暴れた。

すると網が縄になり、蝙蝠をぐるぐる巻きに縛りあげる。

「まったく、淫魔というから来てみたら、なんなんだ、今の会話は。手を握ってまぶたにキスするだけとは。おまえは、本当に淫魔か？　淫魔だったら、他にもっとやることがあるだろうが！」

地面に転がった蝙蝠――淫魔――に、罵詈雑言《ばりぞうごん》が浴びせかけられる。

「お、俺が、何をしようと、俺の勝手だろうが！」

姿の見えない相手に向かって蝙蝠が言い返す。

なんなんだ、こいつは！　どうして俺はこんな目に遭わなきゃいけないんだ？

混乱する淫魔の鼻先に、尖った靴の先が見えた。

ピカピカに磨かれた革靴だ。蹴《け》られたら痛そうだと淫魔が思うと同時に、革靴が淫魔を踏みつけた。

「ぎゃっ」

もうダメだ。潰《つぶ》されて、俺は、消える！

消滅を覚悟した淫魔だが、靴の持ち主は淫魔を転がし、器用に蝙蝠の下につま先を滑り込ませると、そのまま宙に放りあげた。

ふわりと宙に浮いた淫魔を、大きな手が捕まえた。

淫魔の目に真っ先に映ったのは、水色の瞳であった。

悪魔よりも冷酷な水色の瞳。淫魔が男の眼光に身をすくめる。

なんだ、この男……。怖い。すごく怖い。こんなに怖い人間が、この世に存在していいのか？

それに、この男、実体じゃない。霊体だ。霊体の状態で、こんな技を使うんだ。

『伯爵、これまた随分と、かわいらしい悪魔ですなぁ。それがし、悪魔とはもっと残酷で恐ろしいものだとばかり思っておりました』

怯《おび》えた淫魔の耳元で呑気《のんき》な声が聞こえた。

三本足の烏が伯爵の腕に止まり、淫魔を覗《のぞ》き込んでいた。

「私も驚きました。こんな淫魔がこの世に存在するとは。非常に興味深い悪魔だ。このまま消してしまうのは簡単だが、それではあまりにももったいない」

伯爵の目が告げていた。

こんなに面白い玩具《おもちゃ》をすぐに壊してしまっては、つまらない。壊すのはもう少し後でいい。存分に、遊び倒した後でも十分に間に合う、と。

「ひぃっ！」

自分の未来を想像して、淫魔の心が絶望に染まる。

俺……、俺、どうなっちゃうんだろう⁉

暴れても破れない強靭《きょうじん》な網。

淫魔を前にして淫魔らしくしろと説教する図太すぎる態度。

強い力をもつ悪魔祓いということは、淫魔にも簡単に察せられた。

いたぶられ、嬲《なぶ》られ、責められ、さんざん玩具にされたあげく、消されるに決まってる。

あぁ、俺、もうダメだ…………。産まれたばっかりなのに、もう、消されちゃうんだ。

思えば短い命だったなぁ……。

そんなことを考えながら、淫魔は、恐怖のあまり意識を失っていた。

淫魔は、気づいた時にはひとりだった。

仲間もいない。主もいない。ただ、自分が淫魔だということはわかっていた。

淫魔なんだから、人間にとり憑いて、生気《イド》を吸わなきゃいけない。

とはいえ、人に見えない存在として漂う淫魔の目には、生気を吸いたくなる女はひとりもいなかった。

……なんか、違うんだよなぁ。

若い娘には本能で惹《ひ》かれたが、どうにも欲しいと思えなかった。まずそうというか、重いというか、喉《のど》につかえそうだと感じる。

しかたがないので、人のかわりに植物から生気を吸ってしのいでいたが、たくさん吸ってもさほど腹は満たされない。

それどころか、触るだけで花がしおれ、木々の梢《こずえ》から葉が落ちる結果に、悲しくなってしまった。

ごめんなさい……。

心の中で謝りながら、たくさんの花を散らした。それでも腹は満たされず、慢性的な空腹に襲われながら、消えずにいるのが精いっぱいだった。

お腹いっぱい、生気を吸ってみたい。

そんなことを思いながら、淫魔は己が散らした枯葉の中に身を潜め、いくつもの昼と夜を過ごす。

そんなある日のことだった。涼やかな匂いが淫魔の鼻腔《びこう》を掠《かす》めた。

美味《おい》しそうな、生気の匂い……。この生気だったら、吸っても、いいかも。

夜を待って、淫魔は匂いのもとへ飛んで行った。そこは、広い庭のある大きなお屋敷で、目指す相手は眠っていた。

ターゲットは少々年老いてはいたが、涼やかな匂いに淫魔の食指が動く。

庭の薔薇の花みたいに、綺麗《きれい》な生気だなぁ。若くないけど、粒が細かくて、軽やかで……うん、すごく美味しそうだ。

綾乃から生気をもらうことに、ためらいはなかった。むしろ、綾乃以外の人間から生気をもらうことなど、考えられなくなっていた。

この人間が喜ぶ姿……。亡くなった、夫か。

女を見れば、その女の望む男の姿がすぐわかる。淫魔の特性だ。

淫魔はすぐに義信の姿をとり、綾乃に呼びかけた。

目を開けた綾乃は、淫魔を見た途端、はらはらと涙を流しはじめた。

「あなたにまた会えるなんて。あぁ、これは夢ね」

「夢じゃないよ。綾乃」

そう答えて、淫魔はすぐに綾乃にのしかかる。

「綾乃、……いいね？」

蜜《みつ》をたたえた甘い声で淫魔が囁《ささや》いた。

「いいえ、信彦さん。私はもう、お婆ちゃんですもの。そういうのはもういいの。それより、肩を抱いて、髪をなでてくれますか？」

綾乃がはにかみながら要望を口にした。可憐《かれん》な仕草に、淫魔の胸が高鳴った。

その瞬間から、淫魔は綾乃のことをただの餌《えさ》と思えなくなった。

ありていにいえば、奥ゆかしい綾乃に好意を抱いてしまったのだ。

この人、綾乃さん……。病気ですごく弱ってる。俺が生気をたくさん吸ったら、この人は死んじゃう。

でも、吸わないと俺は消えてしまう。

……そうだ！　病気の気を吸えばいいんだ。

少しだけなら、綾乃さんにも影響はないし。病気の元を吸うんだから、気を吸ううちに元気になるだろうし。まさに一石二鳥の名案だ。

黒く凝った気を少しだけ、淫魔はもらうことにした。

苦い。イガイガして、呑《の》み込めない。

初めて吸った人の生気は、淫魔の口に合わなかった。それでも植物から気を吸うよりはマシで、ゆるやかにエネルギーが体に満ちてゆき、命がつながる実感があった。

「嬉しいわ、義信さん」

薄くなった髪をなでるだけでも、綾乃は満足そうであった。

ありがとう、とか。愛している、とか。優しい感情がキラキラ光る粒子となって綾乃から淫魔に注がれた。

たとえそれが自分に向けられたものでなくとも、それは淫魔の胸を温かくする。

俺は、こういう、キラキラが欲しかったんだ。

ひとりぼっちであった淫魔にとって、それは慈雨のように乾いた心を潤した。

そうして、淫魔は、昼間は井上家に近い公園の木のウロの中で過ごし、夜になると綾乃のもとへ通うようになっていた。

お腹はいつもすいていて、最小限の移動と変身以外に何もできなかったけれど。

それでも、淫魔は幸せだった。

その幸せは、伯爵と呼ばれる男によって、あっけなく壊されようとしていた。

天敵ともいえる聖なる光でできた縄は、触れる場所から淫魔の身を焼き、わずかに残った力を奪っていった。

痛いし……。縛られているだけで、どんどん命が削られてゆく。

反抗する体力などなく、存在を維持するのが精いっぱいだった。

捕縛され、気絶し、目覚めた時には、淫魔は伯爵の別邸に移動していたが、周囲を見回す余裕もないほど、淫魔は恐れ、怯えていた。

淫魔がいるのは、伯爵の寝室らしくベッドがあった。

とてつもなく広い部屋で、ベッドの他に長椅子《ながいす》とローテーブル、どっしりとした衣装ダンスに洋酒の並んだキャビネット、ベーゼンドルファーのグランドピアノまであった。

分厚いシルクのペルシャ絨毯《じゅうたん》の上に立ち、伯爵は蝙蝠の襟首を摘《つ》まんでいた。

八咫烏の三津丸は伯爵の肩に止まっている。

「なんだ、この淫魔は。縛ったくらいで今にも消えそうじゃないか」

『察しますにこの淫魔、これまで人の生気をほとんど吸っていなかったのではないかと』

「人間にとり憑いていたのに？　……まったく、しょうがない」

呆《あき》れ果てたという声がしたかと思うと、淫魔の口が乱暴に開けられた。

小さな口に、白く長い指が突っ込まれる。

口の中が肉でいっぱいになり、それは淫魔の喉奥まで犯した。

もうダメだ。口が裂けて、消えてしまう。

半分途切れた意識で思った次の瞬間、淫魔の喉に、生気が注がれた。

ねっとりとして、濃密で。力に溢れた生気は瞬く間に淫魔の小さな体に浸透し、潤わせ、そして侵していった。

体がちっとも、怠《だる》くない。お腹が温かくなって、体の奥から力がわいてくる。

薄目を開けた淫魔の口から、伯爵が指を抜いた。

無意識に淫魔の口が、伯爵の指を追う。

もっと、欲しい。もっとたくさん。溢れるくらいに、注いでほしい。

鼻先を突き出して指に吸いつこうとする淫魔を、伯爵が長椅子に放り投げた。小さな体がクッションに乗ると、光の縄が消え、淫魔は自由になっていた。

けれど、淫魔は逃げようとしなかった。

逃げることも考えられないくらい、伯爵のソレが欲しくてたまらなくなっている。

「さて、淫魔。俺は、おまえが気に入った。このまま殺すのは惜しいと思っている。しかし、おまえを野放しにするわけにはいかない。どうだ、俺の使い魔にならないか？」

「使い魔？」

「断ればおまえを消す。消されるか、俺の下僕になるか、どちらか選べ」

淫魔は伯爵を見あげた。

淡い金髪にふちどられた整った顔には、笑顔が浮かんでいる。

笑いながら、こういう最悪な二択を迫るのは、悪魔の専売特許じゃないかなぁ……。

美しくそれゆえに冷酷さが際立つ笑みを見ながら、淫魔はそんなことを考えた。

「……どうした、何を迷う？　俺の使い魔になれば、生気は与えてやる。どうやらおまえは、人間の生気を奪うこともできない、ポンコツ淫魔のようだからな」

淫魔の沈黙を逡巡《しゅんじゅん》と思ったか、伯爵が誘いの言葉を重ねる。

ポンコツとか口が悪いのは嫌だけど……お腹がすくのはもっと嫌だし、消されるのはもっともっと嫌だ。

元々、選択肢はひとつしかないのだ。淫魔が覚悟を決めた。

「……わかった。おまえの使い魔に、なる」

チイチイと小さい声で答えると、伯爵が満足そうにうなずいた。

「契約成立だ。期間は俺が死ぬか、おまえに飽きるまで。おまえ、名はなんという？」

「知らない」

「悪魔が、自分の名を知らない？　そんなはずはないだろう」

反抗したと思ったか、伯爵の眉がついとあがった。

怒りの気配を察して、淫魔が慌てて弁解する。

「本当に、わからないんだよ！　俺はずっとひとりだったから……誰からも名前をつけられてないし、名前で呼ばれたこともない」

「名というのは、そういうものではない。おまえの本質、魂そのものだ。悪魔が自分の名を知らないということはありえない。……だが、嘘《うそ》をついているようでもないな」

伯爵が口元に手を当てた。何か考え込んでいるようだ。

怒りの気配が和らいで、淫魔はそっと息を吐く。

この人、すごく怖い人だ。強い力を持つ悪魔祓いってだけじゃなくて……絶対に怒らせちゃいけない気がする。

もじもじと手を動かしながら、淫魔は伯爵の沈黙に耐えた。

「わかった。では、俺がおまえに名をつけよう。本来の姿に戻ってみろ。それくらいの力は与えてある。できるな？」

「え？　あ、はい……」

とまどいながら、淫魔は自分本来の姿に戻ろうと念じた。

蝙蝠の姿は、エネルギーの浪費を最小限に抑えるための省エネモードなのだ。

長椅子の上で小さな蝙蝠の輪郭が淡く溶け、次の瞬間、少年が姿を現した。

年の頃は二十歳に少し足りないくらいか。少年期特有の甘さを残した肢体は、石膏《せっこう》のように白く滑らかな肌に覆われていた。

小さな黒い下着が股間《こかん》を覆い、キュッと締まった双丘の上から、黒い尻尾《しっぽ》が伸びていた。

悪魔らしく先端が尖った耳に、セピアの髪が覆い被《かぶ》さる。少し小さめの唇は赤く、まるで口づけの後のように濡《ぬ》れていた。

顔も体も――悪魔の特徴に目をつぶれば――極上の美少年だった。

なにより、淫魔を際立たせていたのは、双眸《そうぼう》の紫がかった青だ。珍しい色の瞳は、宝石のように美しい。

「ブルーゾイサイト……いや、アイオライトだな。オリッサ産、ブルーベリーカラーのトップグレードのアイオライトだ」

伯爵が淫魔の目を覗き込みながら、美しい声でつぶやいた。

「名前はアイオライト……いや、日本語でアイオライトは菫青石《きんせい》といったな。おまえの名は菫青にしよう。いってみろ」

「菫青……」

違和感があったが、すぐになじんだ。淫魔の全身が菫青という名——それはある種の拘束でもあるのだが——に染まってゆく。

綺麗な宝石の名前をもらったんだ。嬉しいなぁ。

菫青がはにかみながらほほ笑んだ。

『かわいらしい淫魔ですなぁ。稚児にもこれほどの者、そうはおりますまい』

「悪魔としては、心配になるほど純朴だな。日本にいる間の秘書にしようと思っていたが、この瞳はいい。気に入った。なかなかの拾い物だった」

伯爵が手振りで三津丸に肩からおりるようながした。

それから、長椅子に横座りしている菫青にのしかかる。

「では菫青、その瞳の褒美に、生気をくれてやる。淫魔のおまえにふさわしいやり方で」

伯爵の顔が近づいた。淡い水色の瞳が青紫の瞳を射抜くと、菫青は動けなくなった。

金縛り……、いや、違う。俺は魅入られてる。

人間に。悪魔の俺が！

またしても悪魔の十八番《おはこ》を奪われた菫青の唇に、伯爵の唇が重なった。

吸おうとする前に、伯爵の生気が注がれていた。

もうこれで菫青は伯爵から逃げられない。

注がれた生気が、淫魔の体を熱くする。

「ふあ……」

間抜けな感嘆の声をあげ、菫青が口を開けた。もっとたくさん、一度に吸収できるように。すかさず唇の隙間に伯爵が舌をさし入れる。

「ふ、ん……っ」

肌がわずかな刺激に火照《ほて》りはじめる。

淫魔としてはいまひとつの菫青とはいえ、色事の知識は豊富にある。自分の体に何が起こっているか、十分に察していた。

昂《たか》ぶっている、興奮している、欲情している。

温かな舌に唇をなでられ歯列をなぞられるだけで、ぞくぞくと体が震えた。

何より菫青を昂ぶらせたのは、伯爵の唾液《だえき》だ。

人の体液は、それだけで淫魔の糧となる。

おまけに、伯爵の生気は人として、考えられないほど極上だった。口づけで摂食するだけで、菫青を酩酊《めいてい》させる。

「俺は美味《うま》いだろう？　これが、ご主人様の味だ」

菫青の耳元で伯爵が囁いた。吐息が耳をくすぐり、菫青が肩をすくめた。

「もっと欲しいか？　欲しいのならば、どうすればいいか……わかるな」

「……はい」

菫青は伯爵の首に腕を回し、自分から伯爵に口づけた。

そういえば、俺、キスするのは初めてだ。

形のよい唇を吸いあげ、濡れた口腔《こうこう》に舌を入れた。伯爵の舌に舌を絡めて、少しでもたくさん唾液を舐《な》めようとする。

伯爵はキスを受けながら、菫青の脇腹《わきばら》をなであげた。

「んっ」

ぞわぞわと肌が粟立《あわだ》ち、菫青の背がのけぞる。

長椅子と菫青の体の間に隙間ができて、伯爵がそこに手を入れた。

白い指が背筋を辿り、尾てい骨——尻尾のつけ根——に至る。伯爵が人さし指と親指で

尻尾を摘まんで前後左右に擦《こす》った。

あ、そこ、は……っ。すごい、気持ちいい。

甘やかな快感が生じて、菫青の下腹部を襲った。

快感は熱になり、小さな下着に隠れたそこが膨らみはじめる。

尻尾という性感帯を責めながら、伯爵が中指を尻の割れ目に這《は》わせた。ほどよく肉のついた尻《しり》をかき割りながら、中指が下へ、下へと移動してゆく。

そして、伯爵が目を見開くと、乱暴に菫青の胸を押し、唇を離した。


「ふぁ？」

食餌《しょくじ》を急に中断されて、菫青が目を丸くする。

伯爵は菫青の両腿《りょうもも》に手を置くと、股《また》を大きく開いた。

そのまま小さな下着を横にずらして股間を確認する。

「穴がない、な……」

「あ、穴？　穴って肛門のことですか？　だって俺、悪魔だし、人間みたいに食べないから出すこともないし、穴もないです」

伯爵が無言で菫青を見おろした。唖然《あぜん》、呆然《ぼうぜん》、愕然《がくぜん》を混ぜ合わせたような表情で。

「穴がないとまずいですか？　だったら俺、人間に化けますけど」

「いや、必要ない」

短く答えると、伯爵がぶつぶつとひとりごとをいいはじめた。

「そうか、穴はないか……そりゃあ、ないな。人の生気を吸うんだから排出は呼気で十分だ。理に適《かな》ってる、理には適っているが……。この、クソ淫魔。エロのプロフェッショナルなら、オプションで尻穴くらい作っておけ！」

「でも、性交に肛門は必要ないですよね？　女陰ならともかく肛門を何に使うんですか？」

青紫の瞳にまっすぐ見返され、伯爵が再び絶句する。

菫青の返答は、極々まっとうで、常識的なものだ。

つまり、菫青には極めて普通の男女のセックスの知識しかない。

伯爵がそれを察したのか、がっくりと肩を落とした。

「なんだ、この淫魔は。男女のセックスだって、肛門を使うプレイはあるというのに。そんなことさえ知らないのか」

「えっ。肛門で何をするんですか？　お尻の穴に入れても赤ちゃんはできませんよ」

「プレイ、遊びだから、こどもができない方がいいんだ。いや、そういう話ではない。男の穴には前立腺《ぜんりつせん》という性感帯がある、という話をしたいんだ」

「えぇ……でも俺、そういうの、いいです。変態みたいだし。遠慮します」

「淫魔のくせに、変態プレイを差別するのか」

伯爵の切り返しに、菫青がはっと真顔になる。

「俺が間違ってました。淫魔が異常性癖を差別してはいけませんよね！　ご主人様ってすごいなぁ。淫魔の俺より、よっぽど淫魔みたいです。これからは、ご主人様ではなく、師匠とお呼びしていいでしょうか。俺に、淫魔の心得をどうかご教授ください」

キラキラと光るまなざしを向けられて、伯爵がとうとう天を仰いだ。

「どうしてこんな間抜けな淫魔がこの世にいるんだ……」

「ひどいです。俺、ちゃんとした淫魔ですよ。間抜けじゃないです」

「ちゃんとした淫魔が、どうしてあんなに気が乏しかった？　ちゃんと井上家の当主から生気を奪っていたのか？」

「綾乃さんからは、病気の気を吸ってました！」

伯爵に押し倒されたまま、得意げに菫青が答える。

「俺が病気の気を吸えば、悪い気が出ていくでしょう？　その分、綾乃さんがいい気を吸えば、綾乃さんが元気になるじゃないですか。まさに、ウィン−ウィンですよ！」

「……普通、淫魔は人間のいい気を吸うものだ」

「でも俺、他の淫魔を知らないし……。いいじゃないですか、これくらい。人間の生気を吸ってたんだから、俺はちゃんとした淫魔でしょう？」

「まぶたにキスしただけだがな」

「だって、綾乃さんがセックスはしなくていいっていうから」

「そこを強引にでも性交に持ち込むのが淫魔ではないか？」

伯爵が菫青に淫魔たるべき行動を指摘する。

「そんなことしたら、俺、綾乃さんに嫌われちゃいます」

「嫌うことなど考えられないくらいのセックスだって、おまえにはできるだろう？　どうして、あの女をおまえのテクでメロメロにして、おまえなしでいられなくしない！」

「俺のテクって……いやまあ、自分でも、なかなかのものだと思ってますけど」

褒められたと勘違いした菫青が体をくねらせながら照れる。

「そういえば、俺のファーストキスは、師匠だったんですが、さっきのキス、どうでした？　気持ちよかった？　俺なしではいられなくなりそうですかね？」

「なるか、このポンコツ淫魔！」

伯爵が調子に乗った淫魔の頭部にゲンコツをくらわせた。

「痛っ！　暴力反対！　俺たちの間には言葉があるんですから、会話しましょうよ。体を使うのは、セックスの時だけ。これ、淫魔の常識ですよ！」

「あいにくと、俺は淫魔ではない。錬金術師だ」

「錬金術師……。悪魔祓いや魔術師じゃないんですか？」

ジンジンと痺《しび》れる頭を手で押さえながら、涙目で菫青が尋ねた。

「違う。対外的には魔術師と思われているが、一番得意なのは錬金術だ。当然、魔術の腕も超一流だがな」

「師匠はエロ以外でもすごいんですねぇ。もちろん、淫魔を超えるエロ知識の豊富さを、変態をも認める寛容さを、俺は尊敬してますけど！」

「……もういい。菫青。黙れ」

純情な淫魔に変態行為を強いようとしていた伯爵に対して、菫青の言葉は痛烈な皮肉となっていた。もちろん、菫青にその自覚はない。

お口チャック、といわんばかりにぐっと唇を閉ざした菫青を見て、伯爵がため息をつく。どうして、こうなったんだろうなぁ……。と、その背中が雄弁に語る。

三津丸は、今までふたりのやりとりを興味深げに見ていた。

『伯爵、お疲れでしたな』

「まったく。飲まねばやってられない気分です」

わざとらしいため息をつき、伯爵がキャビネットからブランデーの瓶とグラスを取り出した。伯爵が長椅子に近づいてきたので、慌てて菫青は蝙蝠の姿に戻った。

菫青が長椅子からゆるやかに滑降し、キャビネットの下に潜り込む。

暗くて狭くて埃《ほこり》っぽい場所って、いいなぁ。落ち着くし。

お腹もいっぱいだし、このまま眠ってしまいたい。これだけ力があったら眠らなくても平気だろうけど……ちょっとだけ休みたい。

床と底板の隙間から、伯爵のピカピカに磨いた靴の先が見えた。

あれが、俺のご主人様か……。淫魔より淫魔っぽいすごい人だし、生気もいっぱいくれるし、文句はない。だけど……。

綾乃さんには、もう、会っちゃいけないいんだなぁ。綾乃さん、俺が悪い気を吸わなかったら、病気がどんどん悪くなっちゃうかも。

あの人が死んじゃうのは、嫌だ。あんな素敵なキラキラを、いっぱい誰かにあげられる人なんて、そうそういないのに。

床の上で丸くなりながら、菫青の瞳に涙がじわりと滲《にじ》む。

伯爵から黙れと命ぜられたから、菫青が声を殺して、ポロポロと大粒の涙を流す。

床にポタポタと雫《しずく》が落ちて、小さな水たまりをいくつも作る。

「……おい、ポンコツ。こっちに来い」

怒ったような声がして、菫青が顔をあげた。

慌てて指先で顔を洗うように拭《ぬぐ》うと、キャビネットの隙間から這い出る。

「みっともない。そんなところに潜り込むから埃だらけだ」

伯爵の足元に菫青が近づいた。長い腕を伸ばして、伯爵が菫青を摘まみあげる。

そうして、ズボンのポケットからきちっとプレスされた白い麻のハンカチを取り出して、菫青の体を——主に涙に濡れた顔を——拭った。

「これでいい。綺麗になった。……おまえの目が見たいから、元の姿に戻るんだ」

こっくりとうなずくと、菫青がその場で本来の姿に戻った。

伯爵の膝《ひざ》にまたがり、正面から向かいあう。

充血した目を見て、伯爵が眉を寄せた。

「まったく、ようやく静かになったと思ったら……。どうして急に泣いた。まさか、黙れといわれたのが、そこまでこたえたのか？」

違う、と答えるかわりに菫青が首を左右に振った。

「ならば、なぜ？　もう喋《しゃべ》っていいから理由を答えろ」

「……綾乃さんに………もう会っちゃいけないって思ったら悲しくなって……」

「おまえ、あの女に惚《ほ》れているのか？　俺よりもあの女がいいとでも？」

不快そうな問いかけに、菫青がまたしても首を振る。

「わかりません。ご主人様は師匠だし、すごいって尊敬してます。でも、綾乃さんは、俺が病気の気を吸わなかったら死んじゃうかもしれない。あんなに綺麗な人が死んじゃうって思ったら、悲しくて……」

青紫の瞳が、みるみるうちに潤んでゆく。

「なぜ、それでおまえが泣く。人間はいずれ死ぬ。あの女にしても、あと三十年もすれば確実に死ぬんだ。おまえの寿命が何年あると思っている。百年単位だぞ。……まさか、あの女と一緒に消えたいと思っているのではなかろうな」

「そこまでは考えてないですけど……。綾乃さんといると、胸がほわっと温かくなるんです。だから、綾乃さんがいなくなると、俺の胸はもう温かくならないんだなぁって思ったら、すごく悲しくて……」

「俺といて、胸は温かくならないか？　俺はおまえの主で消滅から救った恩人だが」

「師匠は身が引き締まります。実は、今もちょっと怖いです。胸はひゅっとして冷たくなってます」

　菫青がずけずけと、馬鹿がつくほど正直に答える。

　伯爵は、下僕のあけすけな返答に、冷ややかな表情となった。

「……おまえが俺をどう思っているのか、大変よくわかった。俺は慈悲深いご主人様だから、その正直さに免じて、依頼人と交渉し、あの女と会う機会を与えてやろう」

「えっ！」

「そのかわり、明日は荷物持ちとしてしっかり働け。急な仕事が入った。ボディガード兼秘書として、ふさわしい姿になってもらう」

「はい、師匠。ありがとうございます!!」

「あぁ、それと、キャビネットの下に入るのは禁止する」

「でも俺、暗くて狭くて埃っぽくて、じめじめしている場所が居心地いいんですけど……」

まるで、台所に出る黒いアイツのような習性に、伯爵の表情が強張《こわば》った。

「……わかった。おまえのために暗くて狭い場所を用意しよう」

伯爵が菫青を膝からおろすと、クローゼットに向かい、カシミアのマフラーと内貼《うちば》りがカシミアの革手袋を手に戻ってきた。

マフラーを鳥の巣のような形に巻いてテーブルに置き、その中心に革手袋を入れた。

「これでどうだ」

急ごしらえの、しかし素材は最高品質の巣を与えられ、菫青が歓声をあげた。

「こんな素敵な寝床、使っていいんでしょうか」

「そのために用意したんだ。いいに決まっている」

「ありがとうございます！」

体育会系の学生のように勢いよく頭をさげると、菫青が蝙蝠の姿になった。

お尻を左右にふりながら、よちよちと手袋に潜り込む。

ちゃんと暗くて狭くて、温かくてふわふわだ。枯葉の寝床とは比べものにならない。

「師匠、最高ですぅ。俺、師匠の使い魔になって本当によかったです。こんないい寝床を用意してもらえたし、産まれて初めてお腹いっぱいになったし。なんて幸せなんだろう。

こんなに幸せでいいのかなぁ、俺」

心の底から幸せそうな菫青の声を伯爵が複雑そうな表情で聞いていた。

「おまえという淫魔は、本当に度しがたい愚か者だな。これしきのことで大喜びか」

「俺にとっては、全然、これくらいじゃないです！　では師匠、おやすみなさい！」

すこぶる元気に挨拶《あいさつ》をして菫青が目を閉じる。

胸いっぱいに空気を吸うと、皮手袋やマフラーから伯爵の匂いがした。

薬草……ハーブ？　とっても落ち着くいい匂いだなぁ。

これからは使い魔としてちゃんと働いて、伯爵の役に立たなきゃ。

ポンコツなんて、呼ばれないように。


すぴすぴと菫青が鼻息をたてて熟睡すると、伯爵が大きなため息をついた。

「とてつもなく騒がしい淫魔だ……」

『元気がよくて、よろしいことでしょう』

「元気がいいのではなく、考えなしなんですよ。致命的にここが足りてない」

伯爵が人さし指で頭をつつく。

「淫魔のくせに、腹いっぱいになるのが初めてなど……。どこに、そんな間抜けな悪魔がいる？　餌である人間に嫌われたくない？　元気になってほしいから、悪い気だけを吸う？　まったくもって、ありえない。悪魔とは自分本位で欲望に忠実。己の欲求を満たすことがなによりの存在だというのに」

伯爵の指先に蝙蝠の感触が残っている。温かくて柔らかく、伯爵に比べれば儚《はかな》いほどに小さな命であった。

「調子が狂う……」

伯爵はぼやきながらシャワールームに向かい、シャワーを浴びて身を清めた。バスローブ姿で寝室に戻り、ベッドに横たわる。

「三津丸殿、お仲間からユニコーンについて、何か情報はありましたか」

『残念ながら』

「では、私もこれから気配を辿ります」

空港でわずかだがユニコーンの気を捉《とら》えられたのは大きかった。

伯爵が寝室の照明を絞った。ベッドに横たわり、目を閉じて、リラックスする。

空港で捉えたユニコーンの気を思い出し、頭の中で白馬の姿を再現した。

伯爵が意識を広大な無意識の――エネルギーからなる――世界に投げ入れ、ユニコーンの気を探す。

同じものがあれば、そこに意識が引っ張られる。はずなのに、伯爵の意識はその場に留《とど》まったままだ。

二度、三度とくり返しても、ユニコーンは見つからない。

失敗か……。俺の調子が悪いわけではないから、誘拐犯は、よほど上手くユニコーンを隠したのだな。

「失敗しました。三津丸殿。……さっぱり手がかりが摑《つか》めなかった。こんなことはひさしぶりです。日本は俺の専門外の魔術が発達しているからだろうか」

『修験道、神道、密教などですな。各地にはそれらともまた一線を画す土着の呪《まじな》い師も、まだまだ残っております。ゆにこぉんのことを考えれば急《せ》いてしまうお気持ちもわかりますが、焦りは禁物。いずれ、彼奴《きゃつ》が尻尾を出さないとも限りませぬゆえ』

「ご忠告ありがとうございます。焦らずにユニコーンを探すことにしましょう」

『それがしも明朝より、各地の熊野神社を回り、情報を集めて参ります』

三津丸との会話を終えると、伯爵は目を閉じる。

「美味しいですぅ。師匠、もっとぉ……えへへへへ……」

なんとも幸せそうな寝言が聞こえた。

まったく、呑気なものだ。空腹でなくなっただけで、そんなに、嬉しかったのか。

……では、主として、明日もたっぷり生気を与えてやらねばなるまい。

さて、どんな方法で食餌をするか。

淫魔には淫魔らしいやり方がふさわしかろうと伯爵がほくそ笑み、ユニコーン探しの失敗から、気分を浮上させていた。

「起きろ、ポンコツ」

バリトンの落ち着いた声が聞こえた、と思ったら菫青は手袋の寝床から引っ張り出されていた。

寝室のカーテンは全開で、太陽の光が菫青の目を射抜く。

「ひゃあああ。あ、明るい！　溶ける。消えるぅううう！」

本気で命の危険を感じ、暗闇を求めて、伯爵の手の中で菫青がもがく。

「落ち着け。昨日、たっぷり生気を吸ったんだ。この程度で消えることはない」

伯爵の言葉に、菫青が暴れるのをやめた。

「大丈夫……なんですか」

そういえば、太陽の光が当たってもじゅっと皮膚が焼けない。じりじりはするけど。

これが、使い魔になったということなんだ。

「よかった。……師匠、おはようございます」

無事とわかった途端、菫青は落ち着きを取り戻し、礼儀正しく挨拶をする。

「！……、師匠。朝から、その、随分と色っぽい恰好《かっこう》をしていますね」

伯爵は、シャワーを浴びた後なのか、全裸にバスローブを羽織っただけの姿であった。

バスローブの襟元が大きく開き、伯爵の逞しい胸板が露出している。裾《すそ》の隙間からは、引き締まった太腿《ふともも》がのぞいていた。

昨日はきちんとスーツを着ていたからわからなかったけど、師匠って、もう、体つきからして、エロいんだな。

よく鍛えているというのとも違う。魅せるための体とでもいえばいいのか。

見る者の劣情を異性、同性問わず、煽《あお》る肉体だ。

「さすが、師匠です！　俺、次に淫魔活動する時は、師匠の姿を借りることにしようかなぁ。体つきもそうですけど、雰囲気っていうんですか。濡れた髪が首にまとわりついてるとことか、きっと、女の人にはたまらないと思うんですよね！」

朝から元気いっぱいに、菫青がエロスについて語る。

「褒めてくれるのはありがたいが、俺の姿になるのは禁止だ。俺の顔でいかがわしいことをされるのは、我慢がならん」

蝙蝠を捕まえたまま、伯爵がベッドに腰をおろした。

枕《まくら》に菫青を置くと、「元の姿に戻れ」、と命じた。

「食餌の時間だ。今日は秘書として働いてもらうから、今のうちに生気をたっぷり与えてやる。途中でエネルギー切れで人間の姿を保てない……なんて無様なことにならないよう、ちゃんと生気を採るように」

きわめて事務的な口ぶりで伯爵がいった。

「はい、師匠。しっかり生気を頂戴《ちょうだい》いたします」

そうして、菫青が元の姿に戻る。

革のパンツ一枚という扇情的な姿で、枕に頭を預けてしどけなく——信頼しきって脱力しているともいう——ベッドに横たわる。

菫青の顔の横に肘《ひじ》をつき、伯爵が青紫の瞳を覗き込んだ。

元々の甘いマスクになんともいえない艶《つや》っぽさが加わって、菫青は伯爵の男の色気にむせかえりそうになる。

「あの、師匠。食餌をするだけですから、こんなに色っぽくなくてもよいのでは？」

伯爵の視線を胸元に感じつつ、菫青が焦った声を出す。

「淫魔のくせに何をいう。いやらしい食餌の方が、おまえも嬉しいだろう？」

「俺、エロいことは、やられるよりやる方なんで、この状況は、正直、嬉しくないです」

「あいにく俺もやる方だ。おまえは、黙ってやられていろ」

これ以上の会話は煩わしいといわんばかりに、伯爵が唇を重ねてきた。

食餌なのだから、菫青は最初から唾液をもらう気まんまんで唇を開けている。

潤んだ瞳と大きく開けた口、突き出た舌が、どれほどいやらしいかを知りもせずに。

「咥《くわ》えさせたくなる……」

菫青のふっくらとした唇をひと舐めして、伯爵がつぶやく。

咥えるって……やっぱり、フェラチオのことだよなぁ。唾液でこれだけ美味しいのに、師匠の精液なんていったら、どれほど美味しいんだろう。

白濁した液を舐めると思うだけで、体の奥が甘やかに疼いてゆく。

無意識に菫青の手が伯爵に伸び、バスローブの裾を割った。

男根を求めてさまよう手を、大きな手が捕まえた。

触れることを許さないとばかりに、菫青の股間に手を移動される。

「朝っぱらから、それはダメだ。おまえは自分のをいじっていろ」

自分のをなんて、そんなことしたら、せっかくの生気が減っちゃうよ。

「それは嫌です。師匠のがいいです」

「いいつけに背く使い魔には、躾《しつけ》が必要だな」

伯爵が空いた手で尻尾を掴んだ。鞭《むち》のようにしなる肉の筒を親指の腹で擦ると、菫青の腰が快感で浮いた。

「あ、あぁ……」

そこへ、伯爵が唾液を口腔内に滴らせた。

舌に唾液が落ちた途端、口中に伯爵の味が広がった。

濃厚で芳醇《ほうじゅん》な生気を受け止めて、菫青の体がわななく。

「あぁ……っ、あっ、あっ」

強すぎる刺激に、菫青の細い体が陸にあがった魚のように跳ねる。

伯爵の生気は、するすると菫青の体に浸透し、その魂まで犯してゆく。

全身の肌が粟立ち、腰が、腿が、びくびくと震えた。

いつの間にか股間がパンパンに膨らんで、そこが盛りあがっていた。

白く長い指が菫青の股間で踊るように動き、下着をずらす。勢いよく飛び出した陰茎が天を衝《つ》いた。

その間も伯爵は一滴、二滴と唾液を菫青に注いでいた。

雫を受け止めた菫青の体が火照り、肌が敏感になってゆく。

伯爵は、尻尾を摑んだまま菫青の茎を握り、尻尾と性器を一度にしごく。

「ひゃっ、あっ、ダメ。そんな……そん、なっ。あっ、あぁ……っ」

みるみるうちに、菫青の亀頭に蜜が溢れ、赤らんだ皮膚を濡らした。

陰茎と尻尾と、性感帯を同時に責められて、菫青はわけがわからなくなってゆく。

気持ちいい、気持ちいいよぉ……。

「皮は被ってないのか。それに、なかなかいい形をしているじゃないか」

菫青の唇を吸いあげると、伯爵が上体をあげ、股間に顔を近づけた。

それから、唾液を一滴、先端の小さな穴めがけて滴らせた。

濃厚な生気は、それだけで快感だった。

唾液が小さな穴に吸い込まれると、菫青の楔《くさび》はガチガチに硬くなり、内側が火傷《やけど》しそうに熱くなった。

伯爵が親指の腹で先端をなでたら、もう、限界だった。

「――っ」

出したくない、という思いに反して、狭い管を精液が駆けあがった。

噴き出した白濁が、菫青の腹に落ちる。

「あぁっ、あ、あぁ……っ」

声をあげながら、菫青が腰を突きあげ、精液を吐き出す。

産まれて、初めての射精だ。

その瞬間を、菫青は呆然と、いや忘我の状態で迎えていた。

頭の中は真っ白だった。体の中を巡る伯爵の生気を、強く感じた。

伯爵の生気は、菫青の劣情を呼び覚ます。体が内側から灼《や》けて、蕩《とろ》けてしまう。

青紫の瞳から、涙がこぼれた。

「どうした、泣くほどよかったか？　あぁ、そういえばこれがおまえにとって、初めての射精だな。どうだ、初めてイった感想は」

　楽し気に問いかけると、伯爵が腰から蕩けた菫青の体を抱きあげた。

　背後から菫青の体を抱えると、尻尾の先端をくるむように握り、親指と人さし指で擦りはじめる。

「せっかく生気を吸ったのに……。射精したら、生気が出ちゃいます」

「なんだ、味気がない。俺なしではいられなくなるほど気持ちよかっただろう？」

「俺はもう、とっくに、師匠なしではいられません」

　菫青の言葉は、とらえようによっては熱烈な愛の告白だったが、本人にその気はない。

　精液を指で掬《すく》うと、もったいないといわんばかりに指先を凝視する。

　生気のことしか頭にない使い魔に、伯爵が鼻白んだ表情になる。

「なんとつまらん使い魔だ。そんなことを気にするとは。……このていどの生気、すぐに補充してやる」

　尻尾から手を離すと、伯爵が菫青の顎《あご》を摑んで持ちあげた。

「ほら、自慢のキスをしないか。やられるよりやる方が得意なんだろう？」

　まだ射精させられた恨みは残っていたが、食餌の前ではすべてがどうでもよくなる。

　菫青が身を捩《よじ》り、上半身を伯爵の胸板に擦りつけながら唇を重ねた。

　遠慮なく舌を伯爵の口腔に入れ、歯列をなぞる。

たくさん生気をもらおうと、菫青が舌に舌を絡ませる。

伯爵は菫青にキスをさせながら、白い肌をなではじめた。

無防備な脇腹、柔らかな太腿のつけ根。半分露《あら》わになった双丘の隙間。

羽毛でなでるかのような軽さだ。敏感になった肌は伯爵の愛撫《あいぶ》にさざめくが、股間が昂ぶるほどではない。しかし、体は熱くなる。

気が逸《そ》れる。生気を吸うのに集中したいのに……。

けれども、やめて、ともいえない。伯爵が主人であるからが主な理由だが、こんなふうに優しく触られるのは、純粋に心地がよい。

食餌が終わった後に、たくさん、触ってくれるのならいいのに。

射精で失った生気を取り戻しながら、菫青はそんなことを考える。

それから、伯爵との食餌が三十分も続いた。

キスをしながら、全身を愛撫された。最後の方は、伯爵が執拗《しつよう》に菫青の乳首をなで、摘まんでいたので、そこへの刺激だけで声が出るまでになっていた。

股間の疼きに口づけがおろそかになると、伯爵は「もう生気は十分吸ったようだな」と冷たく告げて、キスを終わらせた。

中途半端に昂ぶった股間を、菫青が恨みがましい目で見やる。

出したい……けど、出すのはもったいないよなぁ。

生まれてからずっと飢えていたせいか、菫青はとても射精する気になれない。

イって出した分の生気を、師匠がすぐに補充してくれたらいいんだけど……。

そんなことを考えていると、先にベッドからおりていた伯爵が皮肉っぽい声でいった。

「射精は、嫌なんだろう？」

あ、やっぱり。師匠は俺がイっても生気を与えるつもりはないんだ。

射精を諦《あきら》め、菫青はため息をつきながら革のパンツに性器を収めた。

さて、と顔をあげたところで、菫青の目に伯爵の裸体が飛び込んできた。

美しい骨格にしっかり筋肉がつき、ほどよく肉が乗っている、均整のとれた体であった。

ギリシャ彫刻のように美しい肉体は、見る者の目に麗しく、それ以上に扇情的であった。

「し、師匠！　なんて恰好をしてるんですか！」

「裸にならなければ着替えられないだろうが」

答えながら、伯爵がボクサーパンツに足を通す。

「そ、そうですけど……。師匠の裸は、猥褻物《わいせつぶつ》陳列罪レベルでヤバイです」

「俺は着替えのために服を脱いだだけだ。着衣がそれの、おまえの方がよほど猥褻だ」

「俺は、淫魔だからいいんです。革パン一丁は、淫魔の正装ですから！」

「とんだ正装もあったものだな。そんなことはどうでもいい。着替えを手伝え」

ボクサーパンツをはいた伯爵は、長椅子に座り、ソックスベルトをつけていた。

そんな動作さえも、菫青の目にはたまらなくセクシーに映る。

年季の入った男の色気っていうか……もう、なんか、すべてがやらしい。

「クローゼットからシャツを一枚取ってこい。スーツはそうだな……細いストライプの入ったグレーにする。ネクタイは右から三番目の水色だ」

慌てて菫青が伯爵に言われた服を用意して、長椅子まで渡しに行く。

「次は、アタッシュケースの中から黒いケースを持ってこい」

菫青がA4サイズのケースをローテーブルに置くと、伯爵が蓋《ふた》を開け、中から紫がかった青い石のついたネクタイピンを取り出した。

精巧なカットが施された円形の石は、テリがあり、とても綺麗だ。

「これが菫青石。おまえの名前の元になった石だ。この石は、昔、バイキングが羅針盤がわりに使ったという伝承がある。それから転じて、道案内や航海のお守りとされた」

伯爵がネクタイピンを菫青に渡した。

綺麗……。俺の目って、こんなふうなんだ……。

「伯爵、素敵な名前をつけてくれて、ありがとうございます」

「なんだ、藪《やぶ》から棒に」

「だって、こんなに綺麗なんですよ！　それに、旅先まで持ってくるくらいお気に入りの宝石の名前をくれたんですよね」

「俺が、いくつ宝石を持っていると思っている。それを日本に持ってきたのは、たまたま目についたからだ」

「偶然でもいいんです。それに、今日はこれをするんですよね」

えへらえへらと笑いながら、菫青が伯爵にネクタイピンを返した。

「する気がなくなった。今日は、別の石にする」

「そんなこといわないで、つけてくださいよぉ」

菫青が宝石ケースに目を向けると、中には、ネクタイピンとカフスボタンがセットされ、水色から紫へグラデーションとなるよう並んでいた。

アクアマリンにブルーカラーのパライバトルマリン、ブルーサファイア、ラピスラズリにラズライト。紫が濃いブルーゾイサイト——タンザナイト——に、アメジスト。そしてダイヤモンド。すべて、トップグレードのしかも大粒の石が使われている。

師匠は、青や紫が好きなのか。だから、俺の目も気に入ったんだ。

「ねぇ、師匠。俺、今日は自分と同じ名前の石を見ていたいです」

「しかたがないな」

菫青の懇願に、伯爵がアイオライトのネクタイピンを身につけた。

「さて、次は……おまえには、秘書になってもらう」

伯爵の言葉と同時に、菫青の脳裏に青年の姿が浮かんだ。反射的に菫青がその青年の姿に化ける。

菫青が変身したのは、日本人にしては背が高く、育ちがよくて賢くて物静かで落ち着きのある、優しげに整った顔立ちの二十代後半の男性であった。

「……これで、よろしいでしょうか？　ご主人様」

変化すると同時に、菫青は声も言葉遣いも、いつもとはまったく違うものになった。

演技でそうしている、というより、そうなるのだ。

知っているというのとも違う。わかるのだ。ふさわしい言動が頭の中に流れ込んでくる。

誰かに〝こうしろ〟と、耳元で囁かれているかのように。

「俺のイメージした通りだな。よくできた」

「お褒めにあずかり、光栄です。しかし、この姿は……普段の私とはまるで逆ですね」

「それがいいんだ」

満足そうな目をした伯爵の姿に、菫青は少し悲しくなった。

そうか……。師匠にとって、俺のいいところって、本当に目だけなんだ。

淫魔とはいえ悪魔のはしくれ。菫青の顔立ちは、ややキツイ印象なのだ。当然、落ち着きはないしうるさくて騒がしいし、淫魔なのだから、もとより賢いはずもない。

「さて、行くぞ」

うつむいた菫青の背を、伯爵が軽く叩いた。そうして、アタッシュケースを持つよう身振りでうながす。

アタッシュケースを持ったまま、菫青が寝室の扉を開けた。伯爵が当然のように開いた扉から外に出る。

廊下に出て、菫青は驚いた。廊下が長い。

師匠の家って、かなり大きいんだ。綾乃さんの家と同じくらいありそう。

日本的基準からすれば、豪邸や邸宅と表現される大きさだ。

塵《ちり》ひとつなく掃き清められた廊下から階段を下りると、すぐ目の前が玄関ホールとなっていた。

ベージュとピンクと白の大理石からなるモザイク模様の床は、見事な出来栄えだった。

「この床の模様……まるで、魔法陣のようですね」

「その通り。魔法陣だ。使い魔になる前のおまえがうっかり侵入したら、一発で灰になるくらい強い結界を張っている」

剣呑《けんのん》な例えに、菫青の胸に寒風が吹く。

師匠って、本当におっかない人なんだなぁ。

くわばらくわばらとつぶやきながら玄関を出ると、よく手入れされた庭の向こうに、ガラス張りの長方形の建物が見えた。

「あれは何でしょうか？」

「温室だ。錬金術には、植物を使うものもある。いつでも材料が手に入るよう、温度管理が必要な植物はあそこで栽培している」

「では、花壇の草花も？」

「この屋敷の庭の草木はすべて、なんらかの魔術や錬金術に使うものだ」

「玄関もそうですが、徹底していらっしゃる。さすがは専門家というべきでしょうか」

「好きだから、つい、そうなってしまうんだ。俺は、自分にとって楽しいことや好きなことだけをしてきたからな」

伯爵がかがんで、日陰に植わっているミントを示す。

「葉を一枚取って匂いを嗅いでみろ、気分がすっきりする」

伯爵の言葉に菫青が手を伸ばしかけたが、慌ててその手を引っ込めた。

「どうした？　早くしないか」

伯爵にうながされたが、菫青はどうしてもミントに触れない。

俺が触ると、葉っぱはすぐに枯れちゃう。

「申し訳ありません。私が植物に触ると、しおれるか枯れてしまいます。せっかく見事に育っているのですから、無駄に枯らすこともないでしょう」

「どういうことだ？」

「人から生気をもらえなかった私は、植物から生気を得ていました。その時、わかったのです。私は触れるだけで植物から生気を奪うと。……花をたくさん散らしました。木も瞬く間に葉を枯らせてしまいました。今は、ご主人様から生気をいただけます。不要に植物の命を奪うようなことは、したくないのです」

「……そういうことか。なかなか興味深い話を聞いた」

伯爵がついと片眉をあげる。そのタイミングでベンツがやってきて、玄関前の車寄せで停車した。

五十代くらいの品のよい男の運転手が降りてきて、恭しく後部座席の扉を開ける。先に伯爵が後部座席に乗り込んだ。菫青が助手席の扉に手をかけると、伯爵が「おまえは俺の隣だ」といった。

そういうことなら、と、菫青が伯爵の隣に腰をおろす。

「今日はこれから品川のホテルで商談だ。その後、横浜に戻って井上邸に行く」

「横浜に、戻る……？　ここは、横浜なのですか？」

「そうだ。井上邸からもそう遠くない。車なら五分ちょっと、徒歩なら二十分くらいだ。淫魔退治の依頼を受けなくとも、いずれ、おまえと出会っていたかもしれないな」

そういうと、伯爵が感慨深そうな表情をする。

「ご主人様、あの、淫魔退治などと口にしてもよろしいのでしょうか？」

運転手をはばかるように菫青が尋ねる。

「問題ない。運転手は――屋敷で働くメイドもだが――ふたりとも、俺が造った人工精霊を実体化させたものだからな」

「人工精霊……とは？」

「眷属や使い魔のようなものだ。存在の核というものだ。だが、成り立ちが違う。人であろうと精霊や悪魔であろうと、魂がある。俺の場合、核には鉱物を使う。鉱物には、その核が人によって作られたものだ。俺の場合、核には鉱物を使う。鉱物には、エネルギーを保存する性質がある。その性質を使って、人工精霊の核として存在するために必要な情報――個性や能力や容姿といった――を入れ、同時に、自律的に自然界からエネルギーを吸収し、自己浄化するプログラムも入れてある。これで、半永久的に動き続ける人工精霊のできあがりだ」

芸術家が自分のよくできた作品を見るかのように、満足げに伯爵が運転手を見た。そのまなざしには、自分の被造物に対する愛情が含まれていた。

あれ？　俺、なんか変だ。胸がチリチリする。なんだろう、この感覚。この感情は。

その感情の名を確かめようとする菫青に、伯爵が話しかける。

「どうした、しかめっ面をして。俺の話は難しかったか？」

まったく違うことを考えていた菫青は、慌てて取り繕おうとした。

「いいえ。そう、ご主人様なら、人工悪魔も作れるのではないか、と思いまして」

「技術的には作れるだろう。だが、作りたいとは思わない」

「どうしてですか？」

「その辺にいる悪魔を捕まえて、使い魔にする方が早い。わざわざ作る意味がない」

いかにも伯爵らしい発言に、菫青が噴き出しそうになる。

「倫理的な理由ではないのですね。悪魔などという汚らわしい存在を作る気にはならない、とおっしゃるかと思っていました」

「汚らわしいと思っていたら、おまえを使い魔にしない。悪魔がこの世に存在する、というのは、存在する理由があるからだ。あとは……人工悪魔の場合、核——俺の場合は鉱物だ——に人の妄執や負の感情、時には悪霊を入れる必要がある。そんなことをしたら、鉱物が気の毒だ。……おまえだって、そうだろう？」

「私、ですか？」

急に話の矛先を向けられて、菫青がとまどう。そんな菫青に向ける伯爵のまなざしは、いつもよりほんの少し優しい。

ただそれだけのことに、菫青の胸のチリチリが霧散する。

「先ほどおまえは、ミントを枯らしたくないといった。その気持ちと同じことだ。……しかし、考え違いをしているおまえにいいことを教えてやろう。植物には意識がある。もし、花や木がおまえに生気を与えて枯れたというのであれば、それは、彼らの望んだことだ。彼らは、おまえに生きていてほしいと思ったから、そうすることを選んだのだ」

「私を生かすために、自ら生気を与えてくれたのですか?」

問い返す菫青の声が、わずかに震える。

そうだったら……だったら、俺、すごく嬉しい。奪ったのではなく、あれは、与えられたものなのだとしたら、嬉しすぎて、泣いちゃいそうだ。

「おまえは、植物に愛されているんだ。彼らの愛情に報いるためにも気に病むな。ただ、ありがとうと感謝すればいい」

伯爵はこれで話は終わりだ、というふうに腕を組み、目を閉じた。

菫青も伯爵に倣って目を閉じた。まぶたの裏に、今まで散らした花びらが吹雪のように舞い散るさまが映る。

ごめんなさい、といいかけて、ありがとう、といい直す。

その言葉に幻影の花びらがキラキラと輝く粒になる。

金色の光の粒子が菫青にふり注ぎ、その胸をほのかに温めるのだった。


渋滞に巻き込まれながらも、小一時間ほどで伯爵たちは品川のホテルに到着した。

今日の商談は、情報屋の増田からの紹介だ。

宝石というのは、人の気や念を蓄える性質があるため、いわゆる〝いわくつき〟になるものがある。

高額の呪《のろ》いの宝石を売りたいという依頼があった場合、伯爵が引き取ることもある。

今回もそういった類《たぐい》の話だと伯爵は思っていた。

ホテルの駐車場に車を停《と》め、伯爵と菫青だけで指定された客室に向かった。

「どうも、伯爵。わざわざご足労いただきまして、ありがとうございます」

客室の小さな応接スペースに増田は座っていた。小さなテーブルを挟んでひとりがけのソファがふたつ、向かい合っている。

伯爵が正面に座ると、増田がA４判の書類を差し出した。

「これがコレクションのリストです。呪いやいわくつきではありません。所有者は旧家の方で、コレクションを手放したと知られるとはばかりがあるため、できれば海外に売却したいという意向があり、伯爵とのコネクションがある私にも話が来ました」

昨日の悪魔祓いと同じだ。信用を重視する日本人から伯爵に依頼がある時は、周囲に知られたくない、そして周囲に知られるとまずい立場の人間ばかりなのだ。

「入手後に石をカットし直すか、ルースにして土台から作り直すのが売却の条件か……」

伯爵がリストに目を通しながら、条件を確認する。

二十世紀前半までに作られた宝飾品ばかりであった。

この頃はまだ、ラウンド・ブリリアント・カットが発明されておらず、ダイヤモンドはオールド・ヨーロピアン・カットが主流だ。リストには、後者のカットが記されたものしかない。

リストに写真はないが、アレキサンドライトにエメラルド、ルビー、アメジスト、イエローサファイアにオパール、スピネルなどがあった。

中でも、白眉《はくび》はインドのカシミール産のサファイアのリングだな。一〇カラットなんて大粒は、近年、お目にかかれない。

カシミール産のサファイアは、十九世紀末に発見された。

採掘がはじまって数年で絶産となり、鉱山は廃坑となった。

他の産地では見られない美しい柔らかなブルーが特徴で、当時の人々を魅了した。

鉱山全体で高品質の石の採掘量は、わずか百キロ。今でもファンが多く、市場に出れば高値がつく。

「実物を見ないとわからないが、市場価格はトータルで二百万ドルといったところか。その後の手間を考えると、買値は半値がいいところだな」

伯爵は、このサファイアのため、コレクションを丸ごと買い取ると即断していた。

ほどなくして、売却主の代理人が客室に訪れる。

代理人は五十歳前後の男性で鈴木《すずき》と名乗った。濃紺のスーツを着た、見た目はやや小綺麗な勤め人に見える。いたって普通の男であった。

日本では、ここまで高額の商談、かつ名家が売主の場合、代理人は弁護士や銀行員だったが、鈴木はそのどちらでもない。

これは、少々キナ臭い。そう伯爵は判断する。

そっとズボンのポケットに手を入れ、録音機器のスイッチを入れてから口を開いた。

「申し訳ないが、ここでのやりとりを記録してもよろしいだろうか？」

鈴木はわずかに動揺したそぶりを見せたが、「いいでしょう」と答えた。

伯爵が増田に視線を向けると、心得た、というふうに増田が鏡台からペンとメモ用紙を取ってきた。

伯爵はペンとメモ用紙を受け取ると、そのままテーブルに置き、鈴木にコレクションを見せるように手振りで示した。

鈴木もアタッシュケースを持参していた。蓋を開けると、ビロード張りの箱が隙間なく並んでいる。

伯爵は白手袋をはめると、箱をひとつ取り出し、蓋を開けた。

大粒のルビーのブローチが姿を現す。ピジョン・ブラッドというには少々色が暗いが、鶉《うずら》の卵サイズのルビーは申し分ない品質であった。

ブローチを取り上げ、ルーペでルビーと脇石のダイヤの質を確認し、裏返す。

金を素材とした台座はずっしりと重く、細工も丁寧であった。

箱にルビーを戻すと、これみよがしにペンを取り、メモ帳に数字を書いた。

「予想より見事なブローチだ。作り直すのが惜しいくらい、細工の出来もいい」

「しかし、作り直すかカットし直すのが、売却の条件ですが」

「出所がどこかわからなくするため、でしょう？　それではまるで盗品売買のようですが、もちろん、そんなことはありませんよね？」

「もちろんです。ご安心ください」

「最初から、疑ってなどいません。増田氏は信頼の置ける優秀なエージェントです。その増田氏からの紹介ですからね」

すっかり信じている、という口振りだが、むろん、これは演技だ。

通常の取引の場合、代理人なら最初に委任状を提示するものだ。そして、これだけの品物の持ち運びに、警備の者もつけていない。

百歩譲って盗品ではないにせよ、何か裏事情がある可能性が高い。

伯爵が営業用の魅力的な笑顔を浮かべながら、次の箱を開ける。

鑑定をし、メモを取る。それを何度もくり返す。最後のひと箱——アレキサンドライトのリングだ——を開けた瞬間、伯爵の眉尻があがった。

「カシミール産のブルーサファイアがありませんね」

一瞬でブリザードのような空気をまとい、伯爵が鈴木に問う。

「そんなはずは……。本当ですね」

鈴木が小箱の数を目で数えて、しまったという顔で答えた。

あの野郎、どうしていってこないんだ。鈴木のわずかな唇の動きを伯爵が読み取った。

「すみません、少々お待ちいただけますか？」

鈴木がスマホを手にしてソファから立ちあがると、客室から出て行った。

「いったい、どういうことなんだ？」

「申し訳ありません。私の確認が甘かったようです」

すかさず増田が謝罪した。平身低頭を絵に描いたように身を縮ませている。

「いや、おまえのせいではない。コレクションの売買に、一番の目玉を持ってこない、相手が非常識というだけだ」

「そういっていただけると助かります」

「助かりついでに、おまえに頼みがある。昨晩の淫魔退治の依頼人に、できれば今日中に会いたい。アポイントメントを取ってくれ」

「お安い御用です」

増田がスマホを手にベッドの方へ移動する。すると、そっと菫青が話しかけてきた。

「ご主人様、ありがとうございます」

「礼をいうのはまだ早い。まだ、女主人のもとに出入りが許されたわけではないぞ」

「……綾乃さんに会えずじまいであっても、私は、ご主人様が私のためにお骨折りくださったことが、とても嬉しいのです」

控えめにほほ笑む菫青は、伯爵が望んだ容姿なだけあって、とても目に麗しい。

菫青の本来の姿より美しいくらいであったが、伯爵はどうにも物足りなさを覚えた。

『師匠、俺、すっごい嬉しいです。師匠が俺のために何かしてくれるなんて、全っ然、期待してなかったから！』

興奮気味にまくしたて、今にも飛び跳ねそうな菫青の姿を想像して、ようやく満足した。

一刻も早く、不調に終わるであろう商談を打ち切り、屋敷に帰ろうと心に決める。

菫青を元の姿に戻し、食餌という名目でポンコツ淫魔にキスをして肌に触れ、あえがせたかった。

飽きれば契約を解消するが、俺の興味が続く限り——百年でも二百年でも——つきあわせよう。そう。悪魔には寿命がないのだから。

思えば、いい玩具を手に入れたものだな。人は俺を置いて、みな先に死んでしまうから。

伯爵がふり返り、背後の菫青に笑いかける。菫青は面食らったのか、軽く目を見開き、完璧《かんぺき》な愛想笑いを返した。

つまらない、と伯爵が思ったところで、増田が戻ってきた。

「伯爵、お待たせしました。アポが取れました。本日十九時に井上邸です。私も同行しますが、別件の打ち合わせがありますので、すぐに席を外しますがよろしいですか」

「もちろんだ。私は一度、屋敷に戻る。十八時五十分に井上邸前で待ち合わせよう」

増田が手帳に予定を書き込むうちに、鈴木が戻ってきた。

「お待たせしました。依頼人に確認したところ、サファイアだけ別の場所に保管していたため、持ち出しが間に合わなかったそうです」

「ならば、今すぐ、持ってきてください。十七時までなら待ちましょう」

「今日ですか。それはさすがに難しいかと……」

「私が欲しいのは、あのブルーサファイアだ。その他のコレクションには興味がない」

伯爵が立ちあがり、「行くぞ」と菫青に声をかける。

商談は終わりだ。伯爵は客室から出る際に、鈴木に声をかける。

「ブルーサファイアが用意できたら、増田氏に連絡してください。用意できないのであれば、この話はなかったことにしましょう。むろん、あなたが私以外の誰かにコレクションを売ろうが自由です。では。よい報告をお待ちしていますよ」

儀礼的な笑顔でいうと、ふたりは客室を後にした。

横浜の屋敷に帰ると、伯爵はすぐに菫青に元の姿に戻るように命じた。

「しかし……。ご主人様は、私本来の姿より、こちらの姿の方が、好ましいのではないですか？　これからはこの姿のまま過ごします」

アタッシュケースをテーブルに置くと、伯爵の着替えを手伝いながら菫青が答えた。

「誰が、いつ、そんなことをいった」

シャツとズボンだけの姿になると、伯爵はソファに座った。シャツのボタンを上からふたつほど外し、菫青を手招く。

「おまえの瞳を見たい」

「それでしたら、瞳の色だけ、元に戻します」

「くどい。いいから、俺のいう通りにしろ」

伯爵の語気が荒らぐと、菫青は肩をすくめ淫魔の姿に戻った。嫌々といった顔で伯爵の隣に座る。うつむいた菫青のおとがいに伯爵が手をやり、上向かせる。

「いい色だ。いつまでも見ていたくなる」

とはいえ、今朝《けさ》に比べると輝きが鈍っている。

使い魔にしたとはいえ、淫魔は夜行性だ。日中に変身し続け実体化すれば、疲れて当然。そういえば、淫魔として産まれたばかりだったか……。酷なことをしたかな。

「今日は、おまえにしては頑張った。褒美に生気をやろう」

伯爵が菫青の腰に腕を回して抱き寄せると、すっぽりと胸の中に体が収まった。ちょうどいい具合の抱き心地だな。まるで、俺のために作られたように、なじむ。

いや、俺はこいつを作り替えている最中だった。そのために、通常悪魔が必要とする波動より、少しだけ高い波動の生気を注いでいるのだった。

　波動の高低を決めるのは、愛だ。全知にして全能、遍在する神が造った世界は、光、またの名を愛を、その存在のベースにしている。

　それゆえに、悪魔もまた、本質では愛を求め愛を好む。

　植物が世界から愛を受け取り、菫青に与えたのとは真逆に、彼らは世界からそのまま愛を受け取れない。だから、人の生気や感情に含まれる愛を奪うことで己を満たす。

　そうして、伯爵は菫青に口づける。

　注ぐ唾液に愛情をこめて。その愛は、そのままのおまえが一番愛らしいのだと受容する——またの名を慈愛と呼ばれる——愛だった。


　食餌を終えると菫青は、伯爵に温室に行かせてくれと頼んだ。

「そんなに植物が好きか。珍しい淫魔だな」

「生まれてからずっと生気をもらってたからだと思うんですけど、植物が好きなんです」

　真夏よりましな十月とはいえ、陽光を直接浴びるのはなるべく避けたい。

　しかし、植物のそばにいたい菫青は、温室ならば、日の光もそこまでこたえないだろうと考えたのだ。

少しでも太陽光に当たる面積を減らすべく、蝙蝠の姿になった菫青を伯爵がシャツの左胸のポケットに入れた。

薄い布一枚を隔てて、伯爵の体温と心音が伝わってくる。

暗くて、狭くて、温かい。あとちょっと湿っぽい。ここは、居心地がいいなぁ。

お腹いっぱいで居心地のいい場所にいて。菫青は寝室から温室までの移動の間に、うとうととまどろんでいた。

「着いたぞ。……こら、人を歩かせておいて、なぜおまえは寝ているんだ」

不機嫌な声でいいながら、伯爵が蝙蝠を摘まみあげる。

「ふぇ……。あ、師匠。師匠の胸ポケットの中は昨日の寝床よりも湿ってて最高でした。もう、一生出たくないくらい。また、入りたいです！　どうか入れてください‼」

「別のところになら、いくらでも挿《い》れてやる」

「どこですか？　でも、ズボンの尻ポケットはやめてくださいね。うっかり師匠が椅子に座ったら、俺、ぺっちゃんこになっちゃいますから」

首根っこを摘まれながら、菫青が一生懸命に訴える。

「尻の話はもういい。ほら、温室だ。中は三室に分かれていて、温度と湿度を調整している。土もその植物の育成に最適な肥料を与えているから、ほじくり返すなよ」

こっくりと菫青がうなずくと、伯爵は白く可憐な花のついた木の前に移動した。

「これは、ネロリという。花はアロマオイルの素材になる」

伯爵が手のひらに菫青をのせると、白い小さな花に近づけた。

「匂いを嗅いでみろ」

「甘くていい匂いがします。これと同じ匂いが、師匠の手袋からちょっとだけしました」

「手袋の匂い……。あぁ、確かに、俺の霊薬《エリクサー》に、ネロリも入っている。よく気づいたな」

「エリクサーとは、何ですか？」

「万能の霊薬、不老不死の霊薬ともいう錬金術で作る霊薬だ。俺は長いこと食事をしないで、これと水、酒だけを摂取している。おまえにとっての生気のようなものだ」

そうか。これは、師匠のご飯の材料なのか。

じゃあ、間違っても触っちゃいけないな。いい匂いだけど近づかないようにしよう。

ほのかな甘い匂いを名残惜しく思いながら、菫青が伯爵の手の上で後ずさる。

「不老不死の霊薬を飲んでいるということは、師匠は不老不死なんでしょうか」

「そうだ」

「すごい！　俺、もし師匠があと五十年くらいで死んじゃったら、ご飯はどうなるのかなって不安だったんですけど、これで一生、ご飯の心配をしなくていいんですね」

無邪気に喜ぶ菫青に、伯爵がけげんそうな顔をする。

「本気でこれからずっと、俺と一緒にいるつもりか？　産まれたばかりのおまえにはわからないだろうが、一年という月日すら長いのだ。それの百倍、二百倍なんだぞ？」

「お腹がすくより、ずっといいです。お腹がすくと、悲しくなります。俺は、師匠から生気をもらって、ポケットに入れてもらえたら、もう、それだけで幸せですから」

健気《けなげ》な淫魔の言葉に、伯爵が上向いて右手で顔を覆った。

「普通の悪魔は、人間に仕えたところでせいぜい百年と思っているから、使い魔として契約を結ぶんだ。あっという間に人は死ぬから、と。それを、おまえは、俺は不老不死とわかって喜ぶのか……。悪魔ならそこは、騙《だま》されたと怒るところなんだぞ」

「もしかして、騙されたって怒った方がよかったですか？　喜んじゃってごめんなさい。でも、あの、お願いですから、使い魔でいさせてください。俺、今、師匠に捨てられたら、あっという間に日干しになって消えちゃいますから‼」

「捨てないでと使い魔に本気で懇願されたのは初めてだ……」

伯爵は顔から手を離すと、菫青を大きな植木鉢の縁に置いた。

「おまえが俺のことを、食べても減らない餌だと思っているのが、よくわかった。俺は屋敷に戻る。十八時になったら呼ぶから、それまでは自由に過ごすといい」

温室を去る伯爵の背中を見ながら、菫青は小さくため息をつく。

大好きな植物に囲まれて、師匠とお喋りするのは、とっても楽しかったんだけど……。

そうか。楽しい時間って、あっという間に終わっちゃうんだ。

菫青が落胆しつつその場で丸くなると、またしても眠くなってきた。

どうして俺は、すぐ眠くなっちゃうんだろう。食べるか寝るか以外、できないみたいだ。

温室は、湿度が高めで温かい。おまけに日陰で、菫青にとって居心地がいい。

すぴすぴと鼻音をたてて眠る菫青に、温室の木や草花が、キラキラした優しい気を注いだのであった。


「時間だぞ、起きろ」

伯爵の声で菫青が目覚めた。すでに日は落ち、空は藍色《あいいろ》に変わっている。

「おはようございます」

「今は夕方だ。だが、夜行性のおまえにとっては、今が朝か」

伯爵はシャツの上にカーディガンを着ていた。

菫青はカーディガンに大きなポケットがあるのを目ざとく見つける。

あそこに入りたいなぁ。入れてくれないかなぁ。……いいや、入っちゃえ。

緩やかに植木鉢の縁から滑降し、カーディガン目指して飛んで行くと、空中で伯爵の手に捕まってしまった。

「横着するな。元の姿に戻って歩くんだ」

「ポケットに入れてくださいよぉ」

「入ったら、また寝るんだろう。ポンコツを起こすのは、一度で十分だ」

そういわれると、菫青は、ぐうの音も出ない。

「さて、菫青。おまえの正装を尊重したいが、その姿は人間からすれば、破廉恥そのものだ。耳を人間のものに、尻尾を隠して、今の俺と似たような服装はできるか？」

説明と同時に、伯爵のイメージが菫青の頭に流れ込んでくる。

ざっくりとしたウールと綿の混紡のアラン編みのベージュのカーディガンに、白いシャツ。ズボンはこげ茶。靴下は白で靴はスウェードのモカシンだ。

見えたままの姿になると、伯爵が満足そうな笑顔を浮かべた。

「井上家の当主も、きっと気に入るだろう。もし、本当の姿を見せろといわれても、耳と尻尾は見せてもいいが、絶対に正装にはなるな」

「肝に銘じます！」

菫青が、どんと胸を叩いてみせる。

それから、少年の姿になった菫青と伯爵が寝室に戻った。

菫青が伯爵の着替え――シャツと靴下から全部だ――を手伝う。

伯爵が選んだのは、グレーのシャツに髪色に似た黄色のネクタイ、濃いグレーの三つ揃いだった。ネクタイピンとカフスはシルバーのバータイプのシンプルなものだ。

「さて、行くか。井上家の女当主に会えるかもしれないぞ。楽しみだろう？」

「はい！」

元気よく返事をして、菫青は仔犬のように伯爵の後をついて歩く。

屋敷を出て、人工精霊の運転する車で井上邸へと向かう。五分もしないうちに目的地に到着した。

「邪魔にならない場所で待機していてくれ。用事が済んだら、連絡する」

そう運転手に告げて伯爵が車を降り、菫青もそれに続いた。

井上邸の門の前では、すでに増田が待っていた。

「どうも、伯爵。随分とかわいらしいお連れ様ですなぁ。……ん？」

増田が一歩足を前に踏み出し、菫青の顔をまじまじと見つめた。

「この少年は……昼間の秘書さんと同じ……。いったい、どういう人工精霊ですか？」

この人、俺が俺ってわかるんだ。

菫青が驚きに目を丸くし、伯爵はつまらないという顔で口を開く。

「これは人工精霊ではなく、使い魔だ。特技は……というか、それ以外に能はないが、どんな男にも変身できる」

「もしかして、この子は昨日の淫魔ですか！」

「どうしてわかるんですか？」

あっという間に正体を見破られ、菫青が驚きをそのまま口にする。

「使い魔さん、それが、私の飯の種ですから。私は除霊も退魔もできませんが、見破ることは得意なんですよ」

「だからこそ、俺が取引相手として信用しているんだ」

「はぁ……。すごいですね」

師匠にそうまでいわれるなんて。きっと、本当にすごい人なんだ。

それから、増田がインターフォンで来意を告げると、お手伝いがやってきて、三人を邸内に招きいれた。

いつも、空から飛んで入っていたから、歩いて中に入るのは不思議な気がする。

玄関から入ってすぐの応接室に三人が腰を落ち着けると、お手伝いがお茶を四人分運び、その後に淫魔退治の依頼人、井上信彦がやってきた。

増田は、信彦に伯爵を紹介すると、用事があるからと応接室から退去する。

信彦は二十七歳、いかにも育ちのよさそうな青年であった。

背は淫魔と同じくらいで、中肉中背、これといった特徴のない顔立ちで、唯一の個性は眼鏡《めがね》をかけているところか。

「はじめまして。私のことは、伯爵とお呼びください。芸名のようなものですが、本名を名乗るのは、私も連れもはばかる事情がありますもので」

伯爵が流暢な日本語で話すと、信彦は驚いたような顔をしたが、すぐに笑顔になった。

「はじめまして。悪魔祓いをお願いしていたにもかかわらず、昨日はご挨拶もできず、申し訳ありませんでした。昨晩の増田さんのお話では、遠隔で悪魔は祓ったということでしたが……。今日はどういったご用件でしょうか」

「ひとつお願いがあって参りました」

「なんでしょう？　僕にできることですか？」

「お祖母《ばあ》様に憑いていた悪魔が、どうしてもお祖母様に会いたいといっています。よろしければ、その許可をいただけないでしょうか？」

突然の申し出に、穏やかだった信彦の気配が一瞬で変わった。

「なっ……何をいうのですか。そんなこと、許せるはずないでしょう？」

「そうおっしゃるのも当然です。しかしその前に、淫魔の言い分を聴いてもらえますでしょうか。……おい」

伯爵が、隣に座る菫青の背中をそっと押した。

突然話を振られて、菫青はびっくりしてまごついてしまう。

「あ、あの……俺が、淫魔です。綾乃さんに憑いて、ごめんなさい！」

ソファから立ちあがり、ぴょこんと菫青が頭をさげる。

「君が、淫魔？」

信彦が、まさか、とでもいいたげな、けげんそうな表情をする。

「説明するより実際見てもらった方が早そうだな。おまえが化けていた人物に、今すぐ変身するんだ」

伯爵の命令に、すぐに菫青が従った。

美しい少年の姿から、信彦の祖父、義信へと変貌《へんぼう》する。

「こんな……こんなことって……！」

写真の中でしか知らない祖父が眼前に現れて、信彦がソファの背もたれに埋まるようにへたりこむ。

「これが悪魔だと信じてもらえましたでしょうか。私の使い魔にしましたから、もう、害はありません。いえ、最初からこの淫魔に害はなかった……。むしろ、お祖母様にとっては有益な存在でしたが」

「……どういうことですか？」

卓上の茶碗に手を伸ばし、中身を半分ほど飲んでから信彦が聞き返した。

「淫魔という存在は、人から生気を得ないと、いずれ消えてしまいます。そういう存在だ、というだけでそこに善悪はありません。それは、ご理解いただけますでしょうか？」

「僕たちが、肉や魚を食べるようなことだ……と？」

答えながらも信彦は菫青を見ていた。菫青が気になってしょうがないようだ。

「さすが、学校の先生です。呑み込みが早い。……さて、私の使い魔は、どうせ吸うならとお祖母様の病の気——いわゆる邪気と呼ばれるものです——だけを吸っていたのです。しかも、ほんの少しだけ。自分の命がつながる、ぎりぎりの量だけを、です」

「どういうことですか？」

「病気の元となったエネルギーを吸ったのですから、これは、言い換えればヒーリングとなります。淫魔に生気を吸われることで、お祖母様は健康になっていたんですよ」

伯爵の説明を、信彦はどう受け取ればいいのかという表情で聞いていた。

「しかし、彼はどういうつもりでそんなことをしたんですか？」

「お祖母様に、死んでほしくなかったと。随分とお祖母様に執心していたようです。なにせ、淫魔のくせに夜ごと訪れては、するのは手を握ったりまぶたに口づけをする程度。性行為は、お祖母様が望まないからしなかった、といっています」

「それで、本当に彼は淫魔なのですか？　いえ、そもそも悪魔なのですか？」

その時、控えめなノックの音がして、客間の扉が開いた。

淡い紫のウールのセーターに白い膝丈のスカート姿の綾乃が顔をのぞかせた。

「ごめんなさいね。お客様に、お夕食のお誘いに来たのだけれど……！　義信さん!!」

義信に化けたままの菫青を見て、綾乃が、その場に棒立ちになる。

「元に戻れ」

伯爵がすかさず命じ、菫青は元の少年の姿に戻った。

「お祖母様、どうしたのですか。お祖父《じい》様の名前を呼んだりして」

「今、お客様が座っているところに、義信さんがいるように見えたの。ごめんなさいね。このところ毎晩、夢に義信さんが出てきたから……。とうとう起きていても、義信さんの幻覚を見るようになってしまったのかも。お医者様に行った方がいいかしらね」

優しい声で答えながらも、綾乃は不安そうな顔をしていた。

違う。違うよ、綾乃さん。綾乃さんは幻覚なんか見ていない。

菫青は、儚げな風情の綾乃に真実を告げ、肩を抱いて慰めたかった。

腰を浮かせた菫青の太腿に、伯爵が手を置いた。

おまえは黙っていろ、と手にこめられた力から伝わってくる。

「お美しいマダム。夕食はご一緒できませんが、私とお話ししていただけますか」

甘いマスクに極上の笑みを浮かべて、伯爵が綾乃を空いた席へ誘う。

「ごめんなさいね。お客様に気を遣わせてしまって。私がお相手でよろしいのかしら」

孫の隣に腰をおろすと、綾乃が遠慮がちに伯爵に尋ねた。

菫青は、目の前に座る綾乃にすっかり目を奪われていた。

「もちろんですよ。それに、私たちはちょうど亡くなったマダムのご主人の話をしていたのです。ですから、マダムがご主人を見たというのも、そのせいかもしれませんね」

「まあ。私のこと、おかしいとお思いになりませんの？」

「思いません。私も人より不思議な経験は多くしていますから」

共感のこもった伯爵の言葉に、綾乃は安堵《あんど》したように気配を和らげた。

「マダムの不思議な話にも興味があります。どうか、聞かせてくれませんか？　このところ、毎晩、ご主人が夢に出てきたとおっしゃいましたが……」

「お話しするようなことでもないですわ。義信さんが、亡くなった頃のままの姿で現れて、お喋りしていますの」

にっこりと幸せそうに綾乃がほほ笑む。その綾乃に、信彦が聞きづらそうに尋ねた。

「お祖母様、夢で、その……エッチなこととかは……」

「何をいってるの！　するわけないでしょう、そんなこと。でも……おねだりして手はつないでもらったわ。大きな手で、とっても安心できたのよ。そのおかげかしら。義信さんの夢を見はじめてから、少しずつ元気になっていったの」

綾乃の言葉に、信彦が伯爵と菫青に視線を向けた。

「驚いた……。じゃあ、さっきの話は、本当だったんですね……」

「あら、さっきのお話って？　よかったら、私にも聞かせてくださるかしら」

信彦が言い淀《よど》み、助けを求めるように伯爵に目で訴えた。

伯爵は、少しだけ考え込むような顔をした後、口を開いた。

「私の連れが淫魔という悪魔で、マダムに憑いて病の元となっていた気を吸っていた、という話です」

「淫魔……悪魔……？」

「し、師匠！　どうしていきなりバラしちゃうんですか！」

「なんてことをしてくれたんです。僕は、お祖母様には悪魔が憑いていることは、秘密にしていたのに」

綾乃がとまどい、菫青がわめき、信彦が抗議した。

しかし伯爵は、平然としていた。菫青と信彦は無視して、まっすぐに綾乃を見ている。

水色の瞳が、まるで水面のようだと菫青が思う。すべてを映す水鏡の瞳だと。

「悪魔が実際にいるとおっしゃるのですか？　しかも、私に憑いていたと……？」

綾乃は半信半疑のようであった。

ふたりの会話を聞き、菫青の胸が早鐘のように脈打ちはじめる。

俺は……ずっと綾乃さんを騙していたんだった。しかも、綾乃さんが一番大事な人の姿を使って。騙されてたってわかったら、気分よくないよね。怒って……嫌われてしまう。

綾乃に嫌われると思った瞬間、菫青の胸がひゅっと冷たくなった。

やめて。本当のことは言わないで。綾乃さんには秘密にして、今まで通りがいい。

すがるようなまなざしをした菫青を伯爵が一瞥し、口を開いた。

「マダム。悪魔、いえ、淫魔がいる証《あかし》をお見せします。……今すぐ、彼に変身するんだ」

今までの命令とは段違いの、強い声だった。

言葉そのものが力のような伯爵から、こんなふうに命令をされるのは初めてだ。

これが、主から使い魔への命令……なのか……!?

断ることなど許されない、絶対者の命に、菫青の背筋がそそけ立つ。

全身が、嫌だと叫ぶ。けれども、勝手に菫青の輪郭が崩れて、義信の姿に変わってゆく。

菫青の心を置き去りにして。

「あなた……！　義信さん!!」

綾乃が口を大きく開け、目を見開いた。

「元の姿に戻りなさい」

伯爵が静かな声で命じた。すぐに菫青は元の姿に戻る。

菫青は、綾乃を見るのが怖くて、顔を背けてうつむいた。

「これは……いったい……。あぁ、神様！」

「淫魔という悪魔は、生気を吸うと決めた相手の、もっとも好む異性の姿に化けられるのです。そして性交によって生気を奪う」

淡々となされる伯爵の説明に、菫青は耳を塞《ふさ》ぎたかった。

全部、バレちゃった。師匠がバラしたから……。でも、最初に綾乃さんを騙したのは俺だ。だから、俺が悪いんだ。

「騙して、ごめんなさい……」

両膝に手を置いて、菫青が深々と頭をさげた。目頭が熱くなり、気がつけば大粒の涙がこぼれて、ズボンにいくつもシミを作る。

「どうして、そんなことをしたの？」

優しく、幼稚園児に話しかけるように、綾乃が尋ねる。

「淫魔だから。淫魔は、気に入った人間の生気を吸う生き物なんです」

「あなたは、そんなに若くて綺麗なのに、こんなお婆ちゃんを好きになっちゃったの？」

「綾乃さんは、綺麗です！　すごくキラキラしてて、暖かくて……。旦那《だんな》さんに話しかける声が優しくて、俺、自分にじゃないってわかってたけど、嬉しかったんです」

答えながら、菫青が拳《こぶし》で涙を拭った。

小さいこどもそのままの、幼い仕草で。

「ごめんなさい。旦那さんを好きって気持ちを利用して。嘘もいっぱいついて。悪いことって知ってたけど、俺は悪魔だから、そうしちゃいけないって思えなかったんです」

「マダム、悪魔というのはそういうものなのです。人が生きるために他の動植物の命が必要なように、淫魔は人間の生気が要《い》る。それだけのことです」

伯爵が菫青を庇《かば》うように背に腕を回した。

「確かに、これは淫魔であなたから生気を吸っていた。けれども、吸っていたのは病の元となった悪い気です。普通の淫魔なら、そんな質の悪い生気は吸いません。相手が病気だろうがなんだろうが、一番質のいい生気を奪うでしょう」

「彼は、どうして、そんなことをしたのでしょうか？」

「理由は、あなたに死んでほしくなかったからです。悪い気を吸って、いい気が体に入れば、元気になるから、と。それほどまでに、これは、あなたを好いているのです」

「まあ……！」

綾乃が驚きの声をあげた。悪魔に好かれたという事実に、困惑しているようだった。

俺が好きだと、綾乃さんは……そうか、困っちゃうんだ。そうか。そうだよな。俺、悪魔だもん。人間からすれば得体が知れない、薄気味悪い存在なんだ。

そんなのに好かれたら……迷惑、なんだ………。

菫青の目から、再びボロボロと涙がこぼれだす。肩を震わせ、声を殺して泣く菫青の背を抱く伯爵の腕に力がこもった。

「泣くな。男だろう」

そういわれると、菫青は一層泣きたくなってしまった。

伯爵の声が優しくて。悪魔にも優しい人間が隣にいるということが嬉しくて。

あぁ、俺、師匠が好き。大好き。たまらなく、好き。

その瞬間、菫青の胸に熱い感情が生まれた。それは、くっきりと鮮やかで、深く菫青の心に根づく。

「これはもう、私の使い魔となりましたから、他人の生気を奪う必要はなくなりました。私の命令に背くこともできません。私がマダムの生気を奪うなと命ずれば、それに従います。……そこで、お願いなのですが、どうか、私の使い魔が今後もマダムに会うことをお許しいただけますでしょうか」

伯爵の願いに、綾乃は息を呑んだ。

「ずうずうしいお願いをしていることは、十分、承知しています。けれども、これは、マダムに会えないと思うだけで、この通り、大泣きする始末なのです」

「……………」

綾乃は、黙っていた。菫青は、半ば諦めながら綾乃の答えを待つ。

きっと、断るんだろうなぁ。綾乃さんは優しいし、黙っているのは断りづらいからだろう。そうか、俺のせいで、綾乃さんが困ってるんだ。

「師匠、もういいです。綾乃さん、ごめんなさい、わがままいって。俺、もう二度と綾乃さんの前には現れませ……ん……っ、から……」

半ばしゃくりあげながら菫青がいった。泣きながら手を伸ばし、伯爵の袖を掴む。

「帰りましょう、師匠」

「……それでいいのか？　後悔はしないか？」

気遣う言葉に、また菫青の涙腺が弱まった。

もう、限界だった。菫青は少年から蝙蝠の姿に変ずると、伯爵のジャケットのポケットに潜り込んだ。意味不明な超音波を出しながら、菫青は全力で泣いた。

「あぁ、もう。話の途中なのに。……マダム、申し訳ありません」

伯爵が、ポケットに手を入れ、菫青の頭を指先でなでる。

「……この子は、まるでこどものようなのね」

ため息のように綾乃がつぶやいた。

「産まれたばかりですから。他に仲間もいないようですし、世間知らずで……純朴です」

「純朴。……そうね。とても素直でまっすぐだわ」

「とびきりの希少種です。こんな悪魔は、私も今まで会ったことがない」

だから、消さずに使い魔にした。伯爵がいわずとも綾乃はそれを察したようであった。

「ねえ、淫魔ちゃん、出てきてちょうだい」

優しい声だった。しくしくと泣いていた菫青が、思わず耳をそばだててしまうくらい。

「私のことを、気遣ってくれてありがとう。とても嬉しいわ」

綾乃の言葉に、菫青の涙が止まった。

顔を覆っていた手を外し、ポケットからおずおずと顔を出す。

いつの間にか綾乃は伯爵の隣に座って、ポケットを覗き込んでいた。

にっこりとほほ笑む綾乃を間近に見て、菫青は嬉しさに手を頬《ほお》にあてた。

伯爵が頃合いと判断したか、蝙蝠を指で摘まみあげ、手のひらにのせる。

「淫魔ちゃん、あなたさえよければ、また、うちに遊びに来てちょうだい。でも、その時はさっきのあなたの姿でね。今の蝙蝠の姿もいいけれど、あなたの綺麗な瞳を見たいわ」

正面から笑顔を向けられ、菫青は夢見心地となった。

「はい。……はい。ありがとう、綾乃さん！」

伯爵の手のひらで、菫青がこくこくと何度もうなずく。

綾乃さんからキラキラが、いっぱい、流れてくる。あぁ、胸がうずうずして、ぶるぶる震える。なんだろう。変な感じ。でも、嫌じゃない。

喜びの感動に浸る菫青と笑顔の祖母を見ながら、信彦が口を開いた。

「お祖母様、いいのですか？　まがりなりにも、彼は悪魔なのですよ」

「いいのよ、信彦さん。私は、この子を信じると決めたの。……淫魔ちゃん、よかったら私の部屋へいらっしゃい。あなたに、見せたいものがあるの。信彦さん、大丈夫よ。ほんの少しの間だから、心配しないでちょうだい」

綾乃はまなざしで伯爵に許可を取る。

菫青は、信彦に反対されたことで、どうしようかと迷っていた。

「せっかくのご招待だ。行ってくるがいい。もちろん、不埒《ふらち》な真似《まね》は厳禁だぞ」

菫青に、というより綾乃と信彦を安心させるため、伯爵が言い添える。

「はい、師匠！」

泣いた烏――この場合は蝙蝠か――がもう笑った、を地でゆく元気さで菫青が返す。

伯爵の手から菫青を受け取ると、綾乃がゆっくりと歩きはじめた。

階段をのぼり、二階へと至る。そうして、綾乃の寝室に入る。

「ちょっとだけ、待っていてね」

綾乃は菫青を革張りのアームチェアにのせた。その足で化粧台に向かい、ひきだしから指輪をひとつ取りだすと、両手で包むように指輪を持ちながら、菫青のもとへやってくる。

「淫魔ちゃん、さっきの男の子の姿には、なれる？」

「もっちろん！」

元気よくうなずくと、菫青は伯爵お勧めの服装をした少年の姿をとった。

「……何度見ても、不思議ねぇ。あんなにかわいい蝙蝠が、こんなに綺麗な少年になるなんて。あぁ、まだ目が真っ赤ね」

綾乃がそっと菫青の頬に手をやった。

「悪魔も泣くと目が赤くなるなんて……いえ、悪魔が泣くなんて……考えたこともなかった。私は、これまでの常識を改めないといけないようね。それに、この年になっても、まだ学ぶことがあるのは、とても素敵なことだわ」

そして、綾乃は話題を変えるように「さて」といった。

「この指輪……サファイアなのだけれど、とても綺麗な色をしているでしょう？　あなたの瞳の色と似ていると思ったけれど、淫魔ちゃんの瞳は、紫が強いのね」

綾乃の手のひらに指輪がひとつのっていて、菫青がそれを覗き込む。

大粒で縦長のスクエアカットのブルーサファイアの指輪であった。綾乃がいったように、テリテリの蕩けるようなブルーカラーは、菫青の瞳と印象は似ていた。

しかし、並べてみると、はっきり違う。

とはいえ、どちらも美しく、人の目を、心を、奪う逸品であった。

「ごめんなさいね、指輪なんかと比べてしまって。気を悪くしたかしら？」

「全然！　ちっとも‼　俺、こんな綺麗なものに似てる……ってだけで、嬉しいです」

「ありがとう。この指輪は、義信さんのお母様から婚約指輪にと譲っていただいたものなの。お義母様は、宝石のコレクターで他にもたくさん宝飾品をいただいたけれど、これが一番のお気に入りなのよ」

綾乃が分厚いホワイトゴールド台の指輪を左手の薬指にはめた。しかし、病みあがりの綾乃の指にはサイズが大きすぎて、指輪が半回転する。

「大きすぎるでしょう？　今の指のサイズに直そうと思って、貸金庫からこれだけ出してきたのだけれど……でも、どうしても直しには出せなくて」

「もらった時のままに、しておきたいから？」

「そう。思い出を、そのままにとっておきたいの」

「だったら、簡単だよ。綾乃さんが元気になって、また、その指輪がぴったりになるくらい太ればいいんだ。ちょっとくらい太っても綾乃さんは美人だしね」

こどものように無邪気な瞳で、菫青が屈託なく思ったままを口にする。

「淫魔ちゃんは褒め上手なのね」

「俺は、思ったことをそのままいっているだけ。嘘をついて綾乃さんを傷つけちゃったから、嘘は絶対にいわない。あのね、綾乃さんは、キラキラを周りに放っていて、すごく綺麗なんだ。俺が見た女の人の中で、一番、綺麗」

「性格美人、ということかしら？」

「性格は最高だよ！　笑顔も素敵だし。……顔のことだったら、俺は女の人の顔って、あんまり気にならないんだ。その人がどれだけ生き生きしてるかは、気になったけど」

まずい。こんな悪魔っぽいことといったら、綾乃さんが怖がっちゃうよ。

「今は、師匠以外から生気をもらっちゃいけないから、気にならないよ。師匠の生気は、すごく美味しいんだ。それにお腹がすいたと思う前に、師匠は、生気をくれるから、お腹がすきすぎて消えちゃうって怖くならないし……だから、その、大丈夫」

だから、怖がらないで、と思ながら、菫青が上目遣いで綾乃を見る。

綾乃は困ったような顔をしていたが、すぐに、にっこりとほほ笑んだ。

「じゃあ、今は、お腹はすいていていないのね」

「すいてない」

「そう。……ひもじいって、本当に辛いもの。あなたがそんな思いをしなくなったのなら、それは、とてもよいことね」

綾乃が菫青の髪に右手を伸ばし、優しくなでた。

その時、ノックの音がして、お手伝いが顔をのぞかせた。

「奥様、義武様がお客様と一緒にお見えになりました。いかがいたしましょうか」

綾乃が菫青を見た。どうしようかと考えているようだ。

「俺は、もう帰ります。今日はいっぱい綾乃さんとお喋りできたし、明日もまた、会えるから。……綾乃さん、長男さんは九州にいて会えないし、次男さんもちっとも会いに来ないって寂しがってたでしょう。だから、息子さんに会ってください」

義信として綾乃に会っていた時の会話を思い出して、菫青がそっと言い添える。

「あなたは、本当にいい子ね。ちゃんと他人を思いやれるのですもの。……ありがとう、お言葉に甘えて、今日は息子とゆっくり過ごすことにするわ」

「それがいいよ」

本音では、もっと綾乃と過ごしたかった董青だったが、ありがとう、といわれると誇らしく、これでよかったと思えた。

師匠のいった通りだなぁ。ありがとうって好意を受け取ってもらえると、こんな気分がいいんだ。

ふたりが客間に戻ると、伯爵の隣に信彦が座り、正面に少しだらしない感じの中年男性と清潔な印象のスーツ姿の青年——三十歳前後のなかなかの美形だ——が座っていた。

年をとってる方が次男の義武だろうな。隣の男は……誰だろう？

前に見たことがある……ような……。どこでだっけ？　えっと……そうだ、今朝、俺が化けた秘書！　あれに雰囲気が似てるんだ。

ということは、この男は師匠の好きなタイプの男……なのかもしれない。

董青の目には、伯爵の瞳が輝いているように見えた。ふたりの会話も弾んでいる。

師匠、俺と喋ってる時と、全然、違う顔だ。すごく楽しそう。やっぱり、俺の本当の姿より、今朝の姿の方が好きなのかな。

そう考えると、もの寂しさに襲われる。けれども、その方が伯爵が喜ぶと判断すると、喜んでもらいたいという思いがこみあげてくる。

俺、師匠にもありがとうっていわれたいなぁ。

そんなことを考えながら、董青は話に割り込むこともできず、所在なげに客間の入り口にたたずむ。

「それでは、山根《やまね》さんは前に悪魔憑きを見たことがあって、ここにいらしたのですか」

「はい。以前、ドイツで研修を受けた際に。それを何かのおりに井上さん……義武さんにお話ししたことがあって、こうして本日、呼ばれました」

「母親が悪魔に憑かれたと聞いては、息子として何かせずにはいられませんから」

　山根に話の水を向けられ、義武がもったいぶった態度で返す。菫青にはハンサムで大物然とした伯爵に、義武が張り合おうとしているようにしか見えない。

「甥《おい》の信彦から話を聞いた時は、本当に驚きました。おい、信彦、こういうことはもっと早く話をしないか」

「すぐに話しましたよ。悪魔祓いなんて、どこに頼めばいいかわかりませんから。父からは正気を疑われましたけど、叔父《おじ》さんは、ちゃんととりあってくれてよかったです」

　笑顔で話す信彦に、山根が話しかける。

「それでどうして、この方に悪魔祓いを依頼されたんですか？」

「大学時代の同級生に、この手のことにやたら詳しい男がいて、その伝手《つて》です。初めてこういう依頼をしましたが、うまくいってよかったです」

「なるほど。それで、捕らえた悪魔はどうしました？　消しましたか？　それとも、しかるべきところに返したのですか？」

「……マダムは淫魔から救われました。それ以上の説明は、野暮というものでは？」

ふっと伯爵が目を細めた。ほほ笑んだようでいて、水色の瞳は鋭い光をたたえている。

これは、警告なのだ。余計なことを詮索《せんさく》するな、という。

山根は伯爵のまなざしを受けて、怯えるでもなく、不快になるのでもなくほほ笑みを返す。

この人、すごい肚《はら》が据わってる。俺が師匠にあんな目で見られたら、びびっちゃうのに。

「どうしたの、そんなところに立ち止まって」

綾乃が菫青に声をかけると、伯爵が「もう戻ったのか」といって立ちあがった。

「では、連れも戻ったので、これで失礼します」

「門まで、お見送りします」

続いて、信彦が立ちあがる。私も、と続こうとした綾乃に、菫青が「早く息子さんに会ってお喋りしなよ」と声をかけた。

「ありがとう。そうさせていただくわ。また、明日ね」

「また明日！」

幼いこどものように約束をかわして、菫青は玄関に向かった。

「マダムとは、すっかりなかよくなったようだな」

「はい！　綾乃さん、俺に宝物を見せてくれたんです。綺麗な綺麗な、サファイアの指輪。

俺の目に似てるって。でも、ちょっと違う色でしたけど」

　菫青と伯爵が靴をはき、信彦がサンダルをつっかけて、三人は玄関から外に出た。

　涼やかな虫の音を聞きながら、伯爵が信彦に尋ねる。

「あなたは、どうしてマダムが淫魔憑きとわかったんですか？」

「たまたま、お祖母様の部屋の前で話し声を聞いたんです。普通に会話していたので、そっと扉を開けたら亡くなったはずの祖父がいて……。びっくりしましたよ。あんまりびっくりしたので、そのまま自分の部屋に戻ったんです。あの時は、祖父の幽霊が出たんだと思っていたんですよね。最初は、霊能者を探そうと思ってたのですが、叔父と電話で話している時に、叔父が、それは悪魔じゃないかと言い出して……」

「そういう経緯でしたか」

「叔父の口から、悪魔なんて言葉が出てびっくりしましたよ。元々、神頼みっていうか、宝くじが当たると評判の神社などに参拝しているのは知っていたのですが」

　信彦の声には、どこか叔父を軽んじている気配があった。

「もしかして、叔父さんとあんまりなかよくないんですか？」

　菫青がストレートに尋ねると、信彦がしまった、という顔をした。

「そうなんだ。叔父は今はブローカーだといってますが、まともに働いたことがない人です。ここに来る時はいつもお金の無心ばかりで、僕の父とも仲がよくない。実は、僕がここに住んでいるのは、学園の教師をしていることもありますけど、父から命じられたからなんです。お祖母様はああいう人ですから、これで最後といいつつ、これまで何回も叔父にお金を出していて……。僕がいると、叔父も顔を出しづらいらしくて、前より訪問の回数も減ったようです」

困ったものだというふうに、信彦がため息をつく。そんな信彦に伯爵が尋ねる。

「失礼ですが、あなたのお父上は？」

「父は大学教授で、今は九州で教鞭《きょうべん》をとっています」

「なるほど。さすが教育者一家。では、学園の経営は、いずれ叔父上が？」

「父が研究者になりたいといった時はそうだったと聞いています。しかし、叔父が大学の事務局に見習いとして入った時、学生にちょっかいを出しまして。……さすがに母も庇いきれずに、後継者から外されました」

あの義武って人、ものすごく、ダメだなぁ。綾乃さんがお母さんだと、そういうふうになっちゃうのかなぁ。

思ったことはすぐ口にする菫青であっても、それをいったらおしまいだ、とわかるので、心の中で感想をつぶやくだけにする。

信彦の話を聞いて、伯爵が黙った。その間に信彦が菫青に向き直る。

「……君は、本当にお祖母様に、その、いやらしいことはしていないんだよね？」

「手を握ったり、髪をなでたり、あと、頬やまぶたにキスもしました。俺、ちゃんと淫魔らしいことをしてたでしょう」

菫青が得意そうな顔で答え、信彦が苦笑する。

「そのていどは、いやらしいことに入らないよ。僕がいいたいのは……」

「セックスですか？　俺、綾乃さんとはやってません。俺はすっごく、したかったんですけど、綾乃さんがしたくないっていったから、しませんでした」

二十歳前後の美少年が祖母とやりたがる姿を、信彦は複雑な顔で見ていた。

「……淫魔君、君はどうして、お祖母様と、その、行為に及ばなかったのかな？　嫌がったといっても、強引にすることは可能だっただろう？」

「え、だって無理やりなんて強姦《ごうかん》ですよ！　そんなことしたら綾乃さんに嫌われちゃいます。それに……好きな人がされたら嫌だってこと、俺はしたくないです」

青紫の綺麗な瞳で、菫青が信彦をまっすぐに見つめる。

「人を好きになるって、そういうことでしょう？」

その言葉に、信彦は毒気を抜かれたようにぽかんと口を開け、菫青を見返した。

「……参った。淫魔君は、本当にお祖母様のことを好きなんだね。僕も、君がお祖母様に害をなすと、もう思えなくなってしまった。いいよ。明日もお祖母様に会いにおいで。年の離れた友人としてなら、僕も大歓迎だ」

信彦が笑顔でいった。

綾乃だけではなく、信彦にも認められて、菫青はその場で飛びあがって大喜びする。

信彦と別れ、自動車に乗った後も、菫青の頬は喜びで上気したままだった。

「師匠、すごいですねぇ。俺、こんな結果になるなんて、思ってませんでした」

「俺も予想していなかった」

「えっ。じゃあ、師匠はノープランで、俺が淫魔だってバラしたんですか？」

菫青が隣に座る伯爵の顔を、まじまじと見つめる。

「失礼なことをいうな。ただ、嘘をつくより、本当のことをいった方が、後々やりようもあるし、結果的にいいと判断しただけだ」

「でも、師匠なら、うまく嘘をついて綾乃さんや井上さんを納得させられましたよね？」

「……確かに、それはできる。だが、用事が済めば俺は日本を去るし、おまえも嘘をついたまま黙ってマダムの前から姿を消すことになる。それでおまえはいいのか？　なにより、おまえがいなくなって、急に夫に会えなくなったマダムはどうなる？」

伯爵の指摘に、菫青は虚をつかれた。

ある日突然、義信さんに会えなくなったら……綾乃さんは意気消沈して、もっと具合が悪くなっちゃうかもしれない。

「……俺が、考えなしでした」

「わかっただろう。自分の保身のためにつく嘘は、終わりが悪いものだ。嘘は、つかない方がいい。シンプルではあるが、絶対の真実だ。真理は誰でも知っている常識の中にある。おまえの、好きな人の嫌がることはしないというのも、そういった類のうちのひとつだ」

伯爵が、反省して小さくなった菫青の肩に手を置いた。

その温《ぬく》もりが優しくて、菫青の胸もほのかに温かくなっていた。


邸宅に戻ると、伯爵は菫青に着替えを手伝わせ、霊薬のみの食事を済ませた。

小さな遮光瓶に入った霊薬は、見た目は栄養ドリンクとかわりない。

「本当に、師匠の食事ってこれだけなんですね」

「俺が嘘をついていると思ったのか？」

「滅相もありません！　ただ、師匠って人間離れしているなぁって思っただけです」

これは、厭味《いやみ》か？　それとも皮肉か？　いや、こいつに厭味や皮肉をいうほどの知能はなかったたな。つまりこれは、菫青の本音、ということだ。

「人間離れしているからこそ、おまえの主人をやっていられるんだ」

「そうですよねぇ。うん、そうです」

こくこくとうなずくと、菫青は落ち着きなくウロウロと伯爵の寝室を歩き回る。

これは、井上家の女当主と思いのほか上手くいって、天にも昇る心地なのだろう。

「しばらくおまえに用事を頼む予定はない。今から……そうだな、また次にあの鈴木という男と会う時まで、自由に過ごすといい。ただし、俺の仕事の邪魔はするなよ」

「はい！」

これから就寝までの間に、溜《た》まった仕事を片付けるべく、伯爵がノートパソコンと書類の束を手にしてソファに座る。

ひとつ、またひとつと伯爵が仕事を処理してゆくのを、菫青は床に座り飽きないといった顔で見ていた。

純粋に興味があるのか、目をきらめかせる菫青を見て、伯爵の顔に微笑が浮かぶ。

この分だと、こいつが俺の望んだ通りになるまで、そう待たされることもないだろう。

そう伯爵がひとりごちる。

飢えた淫魔に生気を与え、自分好みに変えてゆく。

悪魔というのは、物質ではなくエネルギーから成っている。それは、肉体とは違い、たやすく姿を変える。だからこそ、淫魔も変身できるのだ。

俺は、菫青の全身を変えたいわけではない。耳も尻尾もあっていい。

ただ、ないものを作りたい。

唾液よりも血液よりも濃密に生気を含んだ液体を、菫青に注ぎ込むための穴を。

菫青がそれが欲しいと心から望めば、それは、次の瞬間にもできるのだから。

「――まあ、どんなに気取ったところで、所詮《しょせん》はケツの穴だな」

ぽつりと伯爵がつぶやくと、菫青が不思議そうに小首を傾《かし》げた。

「師匠って、いっつも、肛門のこと考えてますよねぇ」

――誰のせいだと思っている――とは、さすがに、いえんな。

「いつもじゃない。たまにだ」

「……そんなに、穴が好きですか」

「好きではない」

ただ、見てみたいだけだ。貫かれ熱い飛沫《ひまつ》を受け止めて、歓喜に悶《もだ》えるこいつの姿を。

その時、青紫の瞳がどれほど艶めき、きらめくのか。

それを見たい。生きた宝石の最も美しい姿を。

想像するだけで、ゾクゾクする。

夢想しつつ伯爵が菫青を見やる。菫青は、神妙な顔で腰をあげ、両手で尻を探っていた。

誘ってるというより、こどもがズボンをはいたままパンツを直しているように見える。

「色気のかけらもない……」

「えっ。色気？」

「なんでもない。俺は、シャワーを浴びたら寝るが、おまえはどうする？　腹は減ってないか？　眠いのなら、自分で寝床を用意しろ」

伯爵がひとりがけのソファを指さす。そこには、メイドの人工精霊によって畳まれた伯爵のマフラーと手袋が置いてあった。

「お腹は、そんなにすいてないです。寝床は、師匠のパジャマのポケットがいいです」

「蝙蝠姿のおまえと同衾《どうきん》するのはご免だ。寝ている間に潰したらかなわん。どうしても、というならその姿のまま夜伽《よとぎ》をしてもらおうか」

「夜伽、ですか？」

意外なことをいわれたというふうに、菫青がおうむ返す。

「冗談だ。さっさと寝床を用意して、寝てしまえ」

そう言い置くと、伯爵はバスルームへと向かった。

温かな湯に肩まで浸《つ》かると、伯爵の唇から息がもれた。

「長い一日だった……」

時間は同じように流れているはずだが、主観によって体感が変わる。

今日は、伯爵にとって、宝石商としての取引が肩透かしに終わり、自分には怯える使い魔が他人にデレデレする様を見せつけられた日であった。

「あれほど早く、井上家の女当主がアレを受け入れるとは、思わなかったな……。あれほど肚が据わって寛容で、柔軟な対応ができる人物とは、菫青の奴、人を見る目はある」

伯爵の目論見《もくろみ》では、真実を暴露して、綾乃に拒絶されて傷ついた菫青をとろっとろに甘やかし、菫青が綾乃より伯爵を好きになるはずだったのだ。

もちろん、自分のためにつく嘘がよくないと心の底から思っている。

が、それはそれ、これはこれ、である。

「あとは、山根という牧師か……。様子を見に来ただけといっていたが、あいつは確実に〝能力者〟だ。引っかかるな。増田に頼んで調べてもらうか」

なにせ、伯爵の警告に微笑で返す人間なのだ。尋常でない。宗教団体に所属しているとあれば、大なり小なり増田も噂は耳にしているはず、と伯爵は考えた。

やるべきことはやっているはずなのに、すべてが後手後手に回っている気がする。ユニコーン探しも、まだなんの手がかりもないし……。

そうして、伯爵が大きく息を吐き、浴室を出る。

リネンのバスタオルで体を拭うと、下着をはかずにバスローブに袖を通し、ドライヤーで髪を乾かして寝室に戻った。

さあ、ベッドに横たわろうかと羽毛布団に手をかけたところで、異変に気づいた。

掛け布団の右側が、こんもりと盛りあがっている。

「菫青か……。蝙蝠の姿では寝ないといったから、そのままベッドに潜り込んだか」

潰す心配がないならいいか、と伯爵が掛け布団を持ちあげると、なぜか午前中に化けた秘書の姿になった菫青が、全裸で寝ていた。

掛け布団が持ちあがった弾みで目覚めたか、菫青が目を開けた。瞳は、あの美しいベリーカラーのアイオライトの色をしていた。

「随分ゆっくりの入浴でしたね」

いったい、こいつは、何を考えているんだ？

冷ややかなまなざしで伯爵が菫青を見おろす。

氷のようなまなざしを受けて、菫青が困り顔で目を伏せた。

こんな姿をした菫青の隣で寝る気になれず、伯爵が仁王立ちで使い魔を見おろす。

「……おまえの自由にしろといったが、なぜ、そんな姿でそこにいる？」

低い声で伯爵が問いかけると、おずおずと菫青が口を開いた。

「先ほど、夜伽をといわれたので……。夜伽をするならば、ご主人様が好ましいと思う姿の方がよいと判断しました。この姿でしたら、後ろの穴もありますし、きっとご満足いただけるかと……」

まるで雨に濡れた紫陽花《あじさい》のような風情で菫青が答える。

そして伯爵は、といえば天を仰いで息を吐いた。

「確かに、風呂《ふろ》に入る前に夜伽をといったが、それはただの軽口だった。その直前に尻穴の話をしていたが……だからといって、なぜ、俺がその姿を好むと思った？」

「ご主人様は、この姿を褒めてくださいましたし、それに、山根という牧師とも楽し気に会話されていました。ご主人様は、こういうタイプの男性が好みなのでしょう？　けれども、私の瞳だけは気に入ってくださっていたから、瞳の色はそのままにしました」

「その言い分だと、まるで俺がおまえの目玉以外、どこも気に入ってないようだな」

「違うのですか？」

きょとんとした表情で菫青が聞き返す。

端整な美青年が浮かべた無防備な表情は、それはそれで美しく、淫魔姿の菫青にはない可憐さがあった。

このままいっそ、抱いてしまおうかと思うていどに、伯爵も食指をそそられた。

だが……そんなことをしたら、こいつは、二度と元の淫魔の姿に戻らないだろう。

自分本来の容姿は俺に好まれていないと思い込み、いつか、本当に今の外見をした淫魔になるかもしれない。

淫魔の姿は心を映す鏡でもある。真実の姿を魂のレベルで否定すれば、そうなる。

心と外見が直結しているというのは、そういうことだ。

菫青が元の姿を失うのは悲しい、と伯爵は考えた。

たとえ悪魔であろうとも、ありのままの姿こそが、一番、美しいのだ。

菫青にそんな思い違いをさせたのは、俺か。

悔しさに似た苦い感情が伯爵に沸き起こる。自分のうかつさに、ほぞを噛《か》む思いだった。

黙ってしまった伯爵に、菫青が不安げなまなざしを向けた。

俺が気分を害したことに不安になっても、元の姿に戻るという選択肢はない、か……。

ポンコツ淫魔のくせに、何を思い煩っているのか。

「……もういい。元の姿に戻れ。これは、命令だ」

「い、嫌です。やめてください………っ」

伯爵の言葉が、菫青の意志に反して、姿を変貌させる。

ひと呼吸する間に、いつもの淫魔の正装姿に戻ると、菫青は今にも泣き出しそうに顔をくしゃくしゃに歪《ゆが》めた。

伯爵は腕組みを解き、ベッドに乗りあがった。

よくできましたというふうに菫青の頭に手を乗せて左右になでる。

「まったく、おまえという奴は……。どうしてあんな真似をした」

「師匠は俺のこと、好きじゃないから、少しでも好きになってほしかったんです」

俺のことを好きじゃないのは、おまえの方だ。

と、返しそうになって、伯爵は言葉を呑み込んだ。

確かに、ポンコツだのなんだのいったし、褒めたところは瞳だけだったな。存在を維持するためのケアはしていたが、心のケアは怠っていたかもしれない。

粗雑でがさつな淫魔に、そんな必要はないと、頭から思い込んでいた。

思った以上に、繊細だったか……。これからは気をつけないといけないな。

「おまえのことを嫌っていない」

「でも、好きじゃないですよね」

そう答えると、菫青は淫魔の姿から蝙蝠に姿を変じた。

小さな獣の姿になると、よちよちと尻をふりながら枕の下に潜り込む。

まるで、自分の姿を恥じて、伯爵の目から隠れるように。

目には見えなくとも、伯爵の心眼は、しくしくと泣く蝙蝠の姿をとらえていた。

あぁ、これはどうあっても好きといわねば収まらないか。

「話の途中で逃げるな。俺から隠れて泣くな。枕が湿気る」

枕の下に手を入れて、柔らかくて小さな体を手で包み、引っ張り出す。

バスローブのベルトをほどき、襟で涙でべしょべしょの顔を拭った。

「おまえは、悲しい時は蝙蝠になるのか」

「悲しくないです」

「だったら、元の姿に戻れ。俺は、蝙蝠の姿より、元の姿の方が好きだ」

「……俺の目が見られるから、ですよね」

ぐじぐじといいながら、それでも菫青は伯爵の手からすり抜けて元の姿に戻る。

伯爵はベッドにぺたんと座った菫青の腕を摑み、そのまま抱き寄せる。

「目だけじゃない。おまえの姿は、そのままでも十分、鑑賞に耐える」

セピアの髪をなでながら、拗《す》ねたこどもに言い聞かせるように伯爵が言葉を紡ぐ。

「秘書の姿の方が好きですよね……」

「そんなことはない。そのまま、ありのままの姿のおまえが、俺には一番好ましい」

「……本当ですか？」

おずおずと菫青が顔をあげた。

青紫の瞳が揺れている。そんなはずないと頑《かたく》なに思い込みつつ、そうだったらいいのにという希望が菫青の心の中で綱引きしているのだ。

「俺は、その場しのぎの嘘をつくことはない。……それはおまえも知っているはずだ」

信じろと命ずることはたやすいが、それこそ、その場しのぎにしかならないことを伯爵は知っていた。菫青が納得しなければ、同じことを何度でもくり返す。

伯爵の左手が菫青の頰をとらえ、唇に顔を寄せ、食餌ではない口づけをする。

柔らかく唇をついばみながら、右手でなだめるように背をなでた。人間でいう尾てい骨――尻尾のつけ根――を指でなでると、黒い尻尾がくるんと伯爵の腕に絡みつく。

「信じるか？」

唇を離し、菫青の瞳を覗き込む。青紫の瞳は、もう、揺れてはいなかった。

「信じられないです。……でも、今晩、一緒に寝てくれたら、信じます」

「……主に交換条件か？　まったく、ちゃっかりしているものだ」

「だって俺、悪魔ですから！」

そういうと、菫青はシーツに身を横たえ、掛け布団を頭から被る。

「布団の中って、暗くて、狭くて、温かいです。師匠が一緒だとちょっと湿って、すごくいい感じです」

「それはよかった」

すっかり元通りになった菫青のふるまいに、伯爵は本心からいった。

布団の中で、尻尾が動いて、伯爵の足に絡みつく。

そして、先端が伯爵の性器に触れた。

「師匠、師匠のって、すごい大きい。勃《た》ってないでこのサイズって、勃起《ぼっき》したらどうなっちゃうんですか！」

「……突然、何を言い出す」

「夜伽が冗談でよかった。こんなのお尻の穴に入れたら、裂けますよ！　人間だったら、痔《じ》になること間違いなしです。凶器ですよ、これは」

早口でまくしたてると、菫青が逃げるように寝返りを打ち、伯爵に背を向けた。

すかさず伯爵が、腕を菫青の体に回して、引き寄せる。

背後から菫青の体を抱いて、うなじに唇で触れた。

「おまえという奴は……、本当に、どうしようもないな」

これでもう、こいつが穴を作ることはないな。

ひっそり伯爵が落胆するが、すぐに、それでもいいと思い直した。

もう、こいつはこれでいい。俺が妙な策を弄《ろう》して、変にねじ曲がるより、元気でさえいれば、十分だ。

「どうしてですか。あ、でかくなった。どうして俺の尻にソレを押しつけるんですか」

「刺激されたら勃起するのは男の生理だ。押しつけてるんじゃない。でかくなったから、当たっているだけだ」

それでも尻尾は伯爵のそこから離れない。

痛いとわかっているのにかさぶたをはがしたり、臭いとわかっているのに匂いを嗅ぐような、怖いもの見たさの行為だろう。

「師匠、このまま触ってたら、師匠は射精しますか？　だったら、俺、舐めたいです。師匠の精液って、絶対に美味しいですよね」

突然、旺盛《おうせい》な食欲を示す淫魔に、伯爵が小さくため息をつく。

「俺はもう寝る。いい加減に触るのをやめないと、こうだぞ」

伯爵がいたずらな尻尾を捕まえて、亀頭をなでるように先端を親指の腹で刺激する。

「あっ。そこはっ、……触らないで」

「俺の股間も同じだ。たとえ好きでもない相手であろうとも、触られたら反応する」

「……ごめんなさい」

伯爵の手の中で、尻尾がおとなしくなった。

やれやれと心の中でつぶやくと、伯爵は目を閉じて尻尾を放す。

尻尾は居場所を求めるように動き、そして伯爵の腕に寄り添うように絡みついた。


一夜が明け、朝になった。

菫青が起きると、すぐに食餌《しょくじ》となったが、伯爵は一度、短い口づけをしただけだった。

唾液《だえき》には濃厚な生気が含まれていて、菫青が一日すごすのに十分であった。しかし、舌も絡めず、ただ唾液を注がれるだけの食餌に、菫青は物足りなさを覚えていた。

前みたいに、三十分かかる食餌の方が、よかった。

だって、その間は師匠を独り占めできるから。

今日の午前中、師匠は仕事があるといって、書斎にこもってしまった。

お仕事があるなら、しょうがない。けど……邪魔なんかしないのに。

やることがないから、温室に行って……気持ちよくって、つい寝ちゃったのは……俺の失敗だった。

昨日、伯爵を好きだと自覚してから、菫青はとにかく伯爵の近くにいたかった。

飼い主を大好きな仔犬《こいぬ》が、くるくるとご主人様の周囲を回るように、まとわりついてそばにいて、触れて、なでてほしかった。

けれども、菫青の思いに反比例するように、伯爵から菫青への接触は減り、おまけに書斎にも入れない。

午後も遅い時間まで温室で寝ていた菫青は、寝室の窓に伯爵の姿を見つけて急いで移動する。

「師匠、お仕事、終わったんですか⁉」

「とうの昔にな。仕事が終わったから温室に見に行ったら、あまりにも気持ちよさそうに寝ていたから、声はかけなかった」

「起こしてくださいよぉ！」

菫青が抗議の声をあげた時、スマホの着信音が鳴った。

「増田か。忙しいところすまない。……少し、待ってもらえるか」

伯爵がスマホを手にしたまま、菫青の方を向いた。

「仕事の電話だ。ひとりになりたい」

「俺、騒いだりしません。邪魔しないで、おとなしくしています」

「おまえに聞かせられない話をするんだ」

厳しい声でいわれると、菫青はこれ以上駄々をこねられなくなった。意気消沈を絵に描いたような姿で扉に向かって歩き出す。

「電話が終わったら、声をかけてください。俺、部屋の前で待ってますから」

恨めし気な目をしていうと、伯爵が「わかった」と答えた。

伯爵は菫青に背を向けて、スマホを耳に当てた。

「調べてもらいたいことがあるんだ。山根という牧師についてだ」

背中に伯爵の声を聴きながら、菫青は廊下に出た。ため息をついて壁に寄りかかると、そのまま背中を壁に擦《こす》りつけながら床に座り込む。

「今日、師匠と一緒にいられた時間って、五分もない……」

膝《ひざ》を抱えて菫青がため息をついた。

変だなぁ、俺。一昨日《おととい》までは、お腹いっぱいになれば、それが幸せだと思ってた。師匠のおかげでお腹いっぱいになって、最高の寝床まであって。……なのに、今は師匠と一緒にいられないってだけで、こんなに、胸がきゅっとしてる。

幸せなはずなのに、胸が冷たい。

俺は、自分が思っている以上に、贅沢《ぜいたく》で欲張りだ。悪魔だから、満足ってできないのかもしれない。

「……しょうがないか。悪魔だし。考えたってしょうがない。そんなことより、夜も昼も、すぐ寝ちゃうことの方が問題だよなぁ。今日だってさぁ、昼寝しなきゃ、師匠ともっとたくさんいられたんだし。ポケットにだって入れたかもしれないんだから」

伯爵のポケットは、菫青にとって最高の場所、いわば聖地であった。

「あの狭さが、たまんないんだよなぁ……。あ、あれ？」

伯爵のポケットにいた感触を思い出していた菫青の視界に、黒い物が映った。

正確には、廊下の窓からこちらに向かってくる〝何か〟が、見えたのだ。

「鳥……烏《からす》？　二羽いて……喧嘩《けんか》してるのかな？」

空中で二羽の鳥がもつれ合うように飛んでいる。くるり、くるりと上下に場所を入れ替えながらも、まっすぐ伯爵の邸宅に近づいてきていた。

やがて、一羽が塀を超えて敷地内に入る。後にもう一羽が続くが、空中で突然停止した。

まるで、見えない網にかかったかのように。

違う。これは……アレだ。俺が師匠に捕まった時の、光の罠《わな》だ。

伯爵の罠に捕らえられた鳥が絶叫をあげ、苦しげに羽ばたく。鳥がもがけばもがくほど、光の網がどんどん鳥を包み込んでいった。

そして、空中に光の玉ができたと思ったら、次の瞬間、光が消えた。

後には、何も残っていない。

「……消えちゃった？」

目の前の光景が信じられず、呆然《ぼうぜん》と菫青がつぶやく。

『そのようですな。伯爵殿の結界は、まこと、すさまじい』

呑気《のんき》な声が菫青のつぶやきに答えた。声は、菫青のすぐ耳元で聞こえた。

「えっ！　あ、あの一昨日の晩の、烏さん？」

『伯爵殿の使い魔よ、わが名は三津丸と申す。熊野三山の眷属《けんぞく》にて候』

「あ、ども……。俺は、菫青です」

三津丸は、いつの間にか菫青の肩に止まっていた。重みはまったく感じない。けれども、神気をまとった三津丸が近くにいると、肌がびりびりして痛い。

「ごめんなさい、離れてもらえますか。三津丸さんがそこにいると、肌が痛いです」

『これは失礼した。そなたは悪魔であったな』

そういって三津丸がふわりと浮きあがり、菫青の正面に舞い降りた。

『伯爵殿は、中にいらっしゃいますかな』

「今、仕事の電話をしてます。だから、俺、寝室から追い出されちゃって」

『ほう。では、それがしもここで待つとしようか』

そういうと、三津丸が羽繕いをはじめた。

『して、そなた、伯爵殿とうまくいっておるか？』

「へっ？　あ、はい。師匠は口は悪いですけど、ちゃんと食餌をしてくれますし、とびきりの寝床を用意してくれます」

『それはよかった。そなたにとって、伯爵殿は、とてもよい主《あるじ》であるのだな』

三津丸が嬉《うれ》しそうにうなずいた。そこで、扉が開いて伯爵が廊下に顔を出した。

『これは伯爵殿。仕事の話は終わりましたか』

「お帰りでしたか。お待たせして、申し訳ありません。さあ、中へ入ってください」

「し、師匠。俺は？　俺も入っていいですか⁉」

また部屋から閉め出されてはたまらないと、菫青が焦って訴える。

伯爵は、一瞬、どうしようかという顔をする。そこへ、三津丸が口添えをする。

『それがしはかまいません。もしや、使い魔殿に例の件は秘密なのですか？』

「……いえ。いずれ説明するつもりでした。菫青、おまえも入っていいぞ。ただし、静かに話を聞いていろ。妙な茶々は入れるな」

ふたりが寝室に招き入れられ、伯爵が長椅子《ながいす》に座り、背もたれに三津丸が止まった。菫青は蝙蝠《こうもり》の姿になると伯爵の胸元めがけて飛んで行く。

胸元にへばりつき、初めて菫青はセーターにポケットがないことに気づく。

「あぁあああぁ。ない。ポケットが、ない！」

「……そんなこと、見ればわかるだろうが。このポンコツめ」

呆《あき》れ顔をして、伯爵が胸元から蝙蝠をはがした。

「どうしてこんな服を着てるんですか？　いじめですか？　俺のこと嫌いなんですか!?」

失望のあまり、菫青が主に向かってわめきたてる。

「俺に、おまえのために着る服を選べ、と？」

「ごめんなさい」

「本当にしょうがない奴だ。俺の手で我慢しろ」

そういうと、伯爵が腿《もも》に菫青を置いて、指先で背中をなでた。菫青は腹をなでろといわんばかりに腿の上であおむけになる。

「調子に乗りすぎだ」

伯爵が菫青の腹を軽く指先で弾《はじ》いた。それでも、顎《あご》の下や胸元をそっとなでる。

背中から、師匠の体温が伝わってくる。あったかいなぁ……幸せだなぁ……。昨日の晩も、そうだったな。俺は師匠と一緒にいられれば、こんなにも、幸せだ。

『いやはや、なかよきことは美しきかな、ですな』

「躾《しつけ》がなっていないだけです」

『躾には、愛情が必要ですからなぁ。伯爵殿は、使い魔殿がかわいくてしょうがないとお見受けいたすが』

三津丸の言葉に、伯爵が仏頂面となる。

「そういうことをいわないでください。これが調子に乗る」

「師匠って、俺のこと、かわいいって思ってるんですか？　だったら、嬉しいです！」

「……おい、いい加減にしないか」

『それがしにはそう見え申す。そなたに食餌をする様など、まさしく、母鳥が雛鳥《ひなどり》に餌《えさ》を与える姿そのものではないか』

三津丸の言葉に、菫青は目が覚めた思いがした。

そうだよ。確かに、鳥類はこどもに餌を与える時は、くちばしで……つまり、キスだ！

「師匠のこと、これから、お母さんって呼んでいいですか？」

大真面目《おおまじめ》に尋ねると、伯爵が無言で菫青を長椅子のクッションに放り投げた。

「馬鹿を相手にするのはこの辺にして、そろそろ本題に入りましょうか」

『それがしも少々、ふざけすぎましたな。……こちらを出まして、方々でゆにこぉんの手がかりを眷属に尋ねましたが、はかばかしい結果は得られませなんだ。そこで、やり方をかえることにいたしました』

「どのように？」

『このひと月ばかりの間に、かわったことや不思議なことがなかったかを尋ねることにいたしました。そうしますと、川崎にて、ひと月ほど前に〝助けて〟という強烈な思念が一瞬だけ聞こえた、という話があり申した』

三津丸の言葉に、伯爵が眉《まゆ》を寄せた。

『思念の持ち主に心当たりがある者はおらず、気配も一瞬だけだったとのこと。おそらく、ゆにこぉんが全力で結界を破り、助けを求めたのでありましょうが……』

「なんという……いたわしい」

伯爵の声に、悲痛の色が滲《にじ》んでいた。その声を聞いて、菫青の胸がざわつく。

気がつけば、蝙蝠から元の姿に戻り、床に座って伯爵を見あげていた。

「師匠、ゆにこぉんって、ヨーロッパにいるユニコーンのことですか？」

「あぁ、そうだ。そもそも俺が日本に来たのは、女神エポナ様より、人にさらわれたユニコーンのこども——赤子かな——を取り戻してくれと頼まれたからだ」

「赤ちゃんユニコーンなんですね」

「そうだ。こんな姿をしている」

伯爵が菫青の手を握ると、菫青の頭の中にユニコーンの姿が流れ込んできた。

暗闇《くらやみ》に浮かぶ白い仔馬。たてがみも尻尾《しっぽ》も角も、すべてが純白だ。

綺麗《きれい》だ。と、菫青が心の中でつぶやく。

無垢《むく》で、純粋で、とても小さく頼りなげで。

菫青はユニコーンの姿とともに、伯爵がユニコーンに向ける感情も感じていた。

その美に対する感嘆、憧《あこが》れ、守りたいという庇護《ひご》欲と、助けなければという使命感。その感情はとても強く、深く、そして愛に満ちていた。

俺……師匠に、こんなに大切に思われて、ない。

菫青の胸がモヤモヤした。モヤモヤが全身に充満し、不快感が喉元《のどもと》まで込みあげる。

ずるい。このユニコーンの仔馬は、師匠に会ったことさえないのに、こんなに愛されてる。俺は……悪魔だから、淫魔《いんま》だから、たぶん、いや絶対、こんなふうに大事に師匠に思われることはないのに。

嫌だ嫌だ嫌だ。何がどう嫌かはわかんないけど、とにかく嫌だ。すごく腹立たしい。

「……もう、死んじゃってるかもしれないんですね、このユニコーン」

無意識に菫青は、伯爵の神経を逆なでするひとことをいってしまった。

伯爵の気配が一瞬でかわり、ふりほどくように菫青の手を離す。

おまえになど、触れることすら汚らわしい。そういわれたような気がした。

それでも、つかの間、菫青の胸からモヤモヤが晴れた。伯爵を傷つけたとわかって、せいせいした気分になったのだ
「どうして怒るんですか。だって、もう一か月も行方不明なんでしょう？　消えてるって可能性は十分あるじゃないですか」

『そうであってはならぬから、我らもゆにこぉんを探しているのですよ、使い魔殿』

剣呑《けんのん》な雰囲気を和らげようと、三津丸が菫青を諭す。

「三津丸殿、こいつは所詮《しょせん》悪魔ですから。いってもわかりませんよ」

冷ややかな声に菫青の頭が熱くなる。

「……そうですね。俺は、淫魔ですから、頭も悪ければ根性もねじ曲がってるんです。でも、そんなことは承知の上で、俺を使い魔にしたのでしょう」

菫青と伯爵の氷の刃《やいば》を交わすようなやりとりに、三津丸が困り果てたというように小さく鳴いた。伯爵は、菫青から視線を逸《そ》らし、体ごと三津丸に向き直る。

「ほかに何か、異変はありませんでしたか？」

『川崎から横浜にかけて悪魔がいたと。これは、そちらの使い魔殿でありましょう』

「……つまり、川崎で異変があった、という以外、情報はなかったわけですね」

『川崎ならば、ここからも近い。ゆにこぉんの探索もしやすいではありませんか』

「そうですね。まずは、その悲鳴を聞いたという眷属の方にお会いして、直接、話を聞かせていただくことにしましょう」

伯爵が立ちあがり、クローゼットに向かった。

菫青に着替えを手伝わせることなく、ジャケットを選んで袖を通す。

『使い魔殿も、ご一緒しますかな？』

結びの神の眷属だけあって、気遣いに長《た》けた三津丸が菫青に声をかける。

「行きません。俺は、これから綾乃さんの家に遊びに行きますから！」

『ほう。そのようなことになっておりましたか。よかったですなぁ』

「はい。綾乃さんといっぱいお喋《しゃべ》りして、優しくしてもらいます。楽しみだなぁ」

菫青が大きな背中を横目で見るが、伯爵に動揺した気配はない。

こんなあてつけ、通用しないか。……それとも、今はユニコーンを助けるのに、頭がいっぱいなのかなぁ。

きっとそうだ。ユニコーンは、俺なんかと違って、精霊だし性格もいいんだろう。見たものすべてに溺愛《できあい》される、そういう存在なんだ。

淫魔とは違う。俺なんか、ユニコーンに比べたら、ゴミみたいなものだ。

『伯爵殿、そういえば、この屋敷を式神らしきものが見張っておりましたぞ。お心当たりはございますかな？』

サイドバッグを小脇《こわき》に抱え、外出の支度を終えた伯爵は、唇に人さし指をあてた。

俺には秘密ってことか。俺が淫魔で馬鹿だから、仲間外れにするんだ。

「では、行ってくる。井上家に行くのはかまわないが、早めに帰るんだ。まだ、当主は本調子ではないのだからな」

「わかってます！」

むくれたままで答えると、伯爵は冷ややかなまなざしを向けて出て行った。

ひとりになって頭が冷えた菫青は、「行ってらっしゃい」くらい、いえばよかったと後悔する。

「俺って、本当、馬鹿だ。自分の大事な人のことを、死んでるなんていわれたら、怒るに決まってるじゃないか！」

けれども、あの時、菫青はそういってしまった。考えるより前に口が動いていた。

きっと、ユニコーンなんかいなければいいって思ったから、そういっちゃったんだ……。

師匠が俺よりユニコーンの方を大事に思ってるから、羨《うらや》ましかった。憎たらしかった。

ユニコーンは、俺に何もしてないのに……。

俺の心は、真っ黒でドロドロだ。髪も黒いし尻尾も黒い。

真っ白なユニコーンとは、比べものにならないくらい、醜い。

あんなふうな純白に、姿だけはかえられる。でも、そうしたところで……心が醜いのは、かわらない。

もし、ユニコーンが見つかったら、並べて比べられちゃうんだろうな。いや、そんなこともされないかも。だって、最初から比べものにならないって、わかりきってるし。

師匠はきっと、弱り切ったユニコーンをつきっきりで看病するんだろう。優しくなでて、たくさんお喋りして。

……俺の居場所なんて、どこにもない。

「使い魔でだって、いられないかも。師匠が俺に飽きたら、捨てられる契約だし」

そう菫青がつぶやいた時、遠くで音楽が聞こえた。五時を知らせるメロディだ。

「綾乃さんのところに行こう！」

綾乃のことを思い出したら、菫青の胸が少しだけほっこりした。

急いで昨日と同じ服装に化けると、寝室を出て、階下に向かった。

玄関ホールでは、人工精霊のメイドが菫青を待っていた。横浜駅前にある百貨店のテナントで、美味《おい》しいと評判の洋菓子店の紙袋を手にしている。

「菫青さん、ご主人様が、これをお持ちするようにと。これは手土産《てみやげ》といいます。日本では、よそのお宅を訪問する際には手土産を持っていく、という習わしがあるのですよ」

「師匠が、用意してくれたんですか？」

「はい。運転手の人工精霊――大日向《おおひなた》さん――が、午前中に購入してきました」

「人工精霊さんにも、名前があるんですね！」

「はい。私は雨塚《あめづか》山産のアメジストが核ですので、雨塚という名です。大日向さんは、大日向産のスモーキークォーツが核ですので、大日向です」

「人工精霊さんは、石の産地から名前をつけられているんですね。俺とお揃《そろ》いだ。……っと、俺みたいな淫魔なんかとお揃いなんて、気分悪いですよね。ごめんなさい」

慌てて菫青が謝ると、雨塚がにっこり笑った。

「ちっとも不愉快ではございません。私たち、お揃いですね」

雨塚山産のアメジストは、淡いラベンダーカラーの石だ。

その石色にふさわしく、雨塚は、ふんわりと、夢見るように柔らかにほほ笑む。

雨塚の優しさに触れて、菫青の目頭が熱くなり、急いで拳《こぶし》で目を拭《ぬぐ》った。

「菫青さんは、ご主人様に、とても大事にされていますよ。ですから、淫魔なんか、などといってはなりません。愛されていると自信をもってくださいね」

「……うん」

内心では違う、といいたかった。けれども雨塚の厚意がわかるだけに、素直に菫青はうなずいた。

雨塚から紙袋を受け取ると、菫青は人間らしく、徒歩で井上邸に向かう。

手にさげた紙袋が重い。実際に重いわけじゃないけど、重たく感じる。師匠は、俺が恥をかかないようにって、こうして手土産っていうのも用意してくれた。

大事にされてる……。

しかし、菫青は素直にそれを認められない。

心の隅で、でも、師匠はユニコーンの方が大事だし、と囁《ささや》く声がするからだ。

俺は、俺が師匠の一番大事じゃないと、嫌だ。でも、師匠の一番は、絶対に俺じゃない。

もし、師匠の中で大事ランキングを作ったら、俺は百番にも入ってないだろうな。

なにせ、伯爵は不老不死の体現者だ。長い年月を生きるうちに、大切な人や物が大量にあって当然なのだ。

とぼとぼと力なく歩く菫青の背後から、黒い影が近づく。しかし、菫青は気づかない。

それは、ぴたりと菫青の背中に重なる。そしていくぶんか人間より薄い、道路に落ちる菫青の影の中に、溶けて消えた。


井上邸を訪問した菫青は、大歓迎で迎えられた。

来訪を告げるインターフォンには綾乃が出て、直接玄関まで迎えに来たほどだ。

今日の綾乃は顔色もよく、白いセーターにグレージュのロングスカート、肩には赤いチェックの大判ストールを羽織っていた。

「まあまあ、淫魔ちゃん、手土産まで……。そんなに気を遣わなくてもいいのよ」

玄関を入ってすぐの応接室で手土産を渡すと、綾乃が優しくほほ笑んだ。

「師匠に持たせられたんです。どうかもらってください」

紙袋をテーブルに置くのが待ちきれないというふうに、綾乃がネックレスに手をかけた。

「見て、淫魔ちゃん。あの指輪ね、つけられないなら、せめてこうして鎖に通して身につけることにしたの」

綾乃の胸元から、サファイアの指輪が出てきた。サファイアは、昨晩よりずっと美しく、どこか誇らしげに輝いていた。

「サファイアが、綾乃さんと一緒にいられて嬉しいっていってるみたいだ」

「私もこうして身につけていると、なんだか、とてもワクワクするの」

「綾乃さん、いつもよりキラキラがいっぱいですごく綺麗です。よく、ペンダントトップにしようって思いましたね」

屈託なく菫青が尋ねると、珍しく綾乃が気まずそうな顔をする。

「昨日、次男の義武が来たでしょう？　あの子が、この指輪がどこにあるか聞いてきたの。……あの子は、欲しいとなったら私に断りなくもっていってしまうから、こうして身につけておくことにしたの」

説明しながら、綾乃が指輪を握り締める。

「綾乃さんの一番大事な指輪だもんね。知らない間にもっていかれて、宝石商に売られちゃったら、困っちゃうよ」

昨日、伯爵に連れられて商談に同行した菫青が、わけ知り顔でうなずいた。

「他の宝石はともかく、これは、信彦のお嫁さんになる人に受け継いでもらいたいの。義武にそれをいったら、依怙贔屓《えこひいき》だって拗《す》ねてしまうし……難しいわね」

悩まし気に綾乃がため息をついた。

結局、義武って奴はお母さんが心配とかいってたけど、お金の無心に来たんだ。

「綾乃さん、元気出して」

「ありがとう、淫魔ちゃん」

悩みを吐き出して、綾乃は少し気が楽になったようだった。指輪をセーターの中に戻し、顔をあげた綾乃の表情はすっきりとしていた。

「今日は落ち込んでたんだけど、綾乃さんが元気になったら、俺も元気が出てきた」

「まあ、そうなの？　淫魔ちゃんが元気になったのなら、私も嬉しいわ」

「でもね、綾乃さんに頭をなでてもらったら、もっと元気になると思う」

上目遣いで菫青が頼むと、綾乃が向かいのソファから菫青の隣に移動した。

「これで、いいかしら？」

菫青のセピアの髪にそっと手が置かれ、赤ちゃんをなでるように綾乃が手を動かした。

「ありがとう、綾乃さん」

「あなたは不思議ね。そんなに綺麗で、悪魔なのに、小さなこどもを相手にしているような気分になるわ」

「俺、産まれたばっかりだから。まだまだ未熟なんだ」

普段はとにかく一人前を主張する菫青であったが、綾乃の前では素直になれた。

「俺、綾乃さんが亡くなった旦那《だんな》さんが一番好きなのって、ちょっと嬉しいんだ。俺より、信彦さんを大事にしてても気にならない。だけど、師匠が俺以外の誰《だれ》かを大事にしてるのは、嫌なんだ。……どうしてなんだろう」

「淫魔ちゃんは、伯爵さんのことが、好きなのね」

「うん。好き。……大好き」

「でも、伯爵さんが淫魔ちゃんのことを好きだって、感じられないのね。だから、不安になるの。だったら、伯爵さんが淫魔ちゃんにしてくれたことを思い出すといいわよ」

「……怒られてばっかりだし、してほしいことは、全然してくれない。今日だって、ポケットに入れてくれなかったし、全然かまってくれなかった」

「それだけ？」

ゆったりとした口調で尋ねられて、菫青は顔をあげた。

「私は、伯爵さんは淫魔ちゃんのことをとても大事にしていると思うわ。昨日は、私にあなたと会うように頼みに来たのだし、今日だって、こうして手土産を用意して、淫魔ちゃんが恥ずかしい思いをしないようにしてくれたのよね」

「うん……」

そうだ。師匠はちゃんと俺のために色々してくれてる。

ユニコーンの方が大事っていうのは、ともかくとして、俺のこともちゃんと大事にしてくれてる……のかも、しれない……。

心のどこかでは、それをわかっていたけれど、菫青は素直に認められない。

「伯爵さんは、淫魔ちゃんがひもじい思いをしないようにしてくれたのよね」

「うん。食餌だけじゃなくて、温かい寝床も用意してくれた。……俺、最初はそれだけで幸せだった。幸せだったのに、どうして今は、そう思えなくなっちゃったんだろう」

「そうねぇ。私もよく、義武に『お兄ちゃんと僕と、どっちが好き？』って聞かれたわ。ふたりとも同じように愛していたのだけれど……。こういうのって、なかなか、伝えるのが難しいわね。淫魔ちゃん、私と伯爵さんと、どっちが好きかしら？」

「綾乃さんは、キラキラをくれた最初の人だし、師匠は俺の命の恩人で……。どっちが好きかなんて、選べないよ」

「あらまあ。嬉しい答えだこと。そんなにも私を好いてくれて、ありがとう。本当に、人の心は不思議よね。一番好きが、たくさんあるの」

「一番好き、が、たくさん……」

「だから、伯爵さんも、淫魔ちゃんのことが一番好きよ。こんなに慕ってくれる弟子をかわいいと思わないお師匠さんは、いないわ」

　たった今、綾乃から、私と伯爵とどっちが好きかと問われ、迷ったことで、その言葉はすとんと菫青の胸に落ちた。

「こんなふうにいえるのは、私が年をとったせいね。若い頃、私がまだ義信さんに片思いをしていた時や婚約時代は、嫉妬《しっと》して大変だったのよ」

「綾乃さんが、嫉妬⁉　そんなの信じられないよ」

「私はあまり美人ではなかったし、義信さんはハンサムで、それはもう、もてたから。デートの間も、今までおつきあいしてきた人と比べてどうなのかしら、なんて考えて、不安になって……。夜も眠れない時もあったくらい」

ふふふ、と綾乃が懐かしそうに笑った。

嫉妬していたことさえも、今の綾乃は楽しかった経験と受け入れているようだ。

「綾乃さんは、どうして嫉妬しなくなったの？」

「比べるのを、やめたの。比べそうになったら、義信さんに優しくされたり好きといわれたことを思い出すようにしたのよ。順番をつけると、自分が苦しくなるから。義信さんは私を好いてくれている。それだけを考えるようにしているうちに、段々、比べないようになったのよ」

「俺も、そういうふうにできるかなぁ」

できるように、なりたい。ただひたすらに、師匠の優しさだけを覚えていられたら。自分が愛されるだけの存在だと信じられたら、それは、どんなに幸せなことだろうか。

でも、俺、悪魔だし……。できるのかな、そんなこと。

青紫の瞳《ひとみ》が不安で揺れる。そうしたい。でも、できなかったらと思うと怖い。できっこないとさえ、思いはじめてしまう。

「できるわ、淫魔ちゃん。心を上手に扱えるようになればいいのよ。操るわけじゃないの。悲しいことや嫌なことはたくさんあるけれど、それに囚《とら》われないことはできる。ちょっとだけ物の見方をかえればいいだけなの」

綾乃の声には力があった。それはキラキラとともに菫青の心に染み入って、できっこないという思いが、やってみたいという思いと入れかわってゆく。

俺は、師匠に愛されている。ちゃんと大事にされてる。

深く呼吸をして、心の中で自分に言い聞かせると、胸のモヤモヤがすうっと消えた。

重く苦い塊はあるけれど、モヤモヤよりは、マシだった。

愛されている。大事に、されている。

くり返し、心の中で唱えると、苦い塊がほんの少しだけ小さくなった。

ふと、菫青の脳裏に舞い散る花びらの幻影が浮かんだ。

俺は……花や木にも愛されていたんだっけ。師匠の一番になりたいってことで頭がいっぱいになって、忘れていた。俺って結構、愛されてたんだなぁ……。

菫青は、ふいに周囲がキラキラでいっぱいだと気がついた。

綾乃も、ソファも、テーブルも。花瓶もそれを彩る花々も、そして菫青自身でさえも、強弱はあれ、光を帯びていた。

今まで見えてなかっただけで、世界は、キラキラで、できているんだ。

そして俺も、キラキラの一部なんだ……。

なぜか、菫青の頬《ほお》を涙が伝う。その瞬間、心の奥深い場所で、何かが光にかわった。

「淫魔ちゃん、雰囲気がかわったわ。さっきより、ずっといいお顔になったわね」

綾乃が手を伸ばし、菫青の頬に触れた。人さし指で涙を拭う。

「ありがとう、綾乃さん」

菫青が心からそういった時、応接室の扉が開いた。

「ここで待っていてくれ。今、お祖母《ばあ》様を呼んでくる」

現れたのは、信彦だった。そして、その後ろに菫青が立っていた。

「！　淫魔君!?」

綾乃と並んで座る菫青を見て、信彦が棒立ちになる。それは、菫青と綾乃も同じだった。

ふたりとも言葉を失い、新たに現れた菫青を呆然と見つめていた。


人工精霊の大日向が運転する車で伯爵は、三津丸が指示した熊野神社へと向かった。

場所は、川崎市でも北東側、多摩川と鶴見川に挟まれたエリアだ。伯爵の自邸から向かうと、ちょうど川崎市を南西から北東に向かって横断することになる。

「思ったより、時間がかかりそうですね。急いでいるのに」

『何事もなければ、三十分ほどでありましょう。……それまでに、伯爵殿には気を鎮めてもらわねばなりませぬなぁ』

伯爵の隣に居た三津丸が意味深な口調でいった。

『先ほどの使い魔殿の言葉が、そこまで腹に据えかねますか。あれは、よその家の子をかわいがる親に嫉妬する幼子のような、他愛《たわい》なきものでありましょうに』

「そうですが……」

『そも、使い魔殿は悪魔。伯爵殿は、悪魔に何を期待されておりましたかな？』

腹が立つのは、期待を裏切られたからだ。それはつまり、伯爵が菫青に期待していた
――心を許していた――からに他ならない。

悪魔に心を許した時点で、非は伯爵にある。いつまでも腹立たしいのは、それを無意識でわかっているから、と三津丸は指摘したのである。

「神使殿のおっしゃる通りです。私が未熟でありました」

自分の非を認めると、すぐに心が鎮まった。焦りも消え、いつもの伯爵に戻る。

「ところで、私の屋敷をうかがっていたモノがあったということですが……」

『烏の姿をしておりましたな。式の一種かと存じます。伯爵殿の屋敷に近づいたそれがしを襲ってまいりましたので、伯爵殿の結界に誘いこみました。罠に捕まり消滅しましたが、それでよろしかったでしょうか』

「かまいません。三津丸殿のなさることに、間違いはない」

『その口ぶりは、式に心当たりがあるようですが』

伯爵は三津丸にうなずき返すと、山根について説明した。

「山根は教会公認のエクソシストではないでしょうが、なんらかの能力者であることは確かです。それに、昨日の今日ですからね。私が何者か探ったのでしょう。……それは、私も同じことで、山根について情報を集めています」

その時、大日向が大きくハンドルを切り、車が急停止した。

自動車が傾き、運転席のシートに伯爵がぶつかりそうになる。

伯爵が姿勢を戻す前に、背後でガードレールに乗用車が突っ込んでいた。

「何があった」

「交差点で急にあの車が突っ込んできました。すんでのところでかわしましたが……」

大日向の答えに、伯爵がガードレールに突っ込んだ自動車を見やった。

改めて見れば、事故を起こした車のボンネットに、小鬼《コボルト》が座り、嬉しそうに笑っていた。

――これは、仕組まれた事故だ――

かわいそうな運転手は、自分の意志に反して動く自動車にさぞや恐怖したであろう。

『伯爵殿、これは妨害ですな。私どもに熊野神社に行かれては、まずい者がおるようだ』

それが誰か、など決まっている。ユニコーンをさらった人間だ。

小鬼など、日本で見かけることはまずない。そんな存在を使役できる人間は、限られている。同一人物と考えた方が自然である。

伯爵は光の網を作り、手がかりを逃すまいと小鬼に向かって投げかける。

小鬼を捕まえた手応《てごた》えを感じると同時に、伯爵は大日向に命じていた。

「車を出せ。急いで熊野神社に向かうぞ」

伯爵は無事に目的地に着けるよう自動車の結界を張り直した。

すると、三津丸が『伯爵殿』と声をかけてきた。

『当方に妨害が入った……ということは、使い魔殿にもなんらかの手を打った方がよろしくはないですか？　伯爵殿のお屋敷の中ならまだしも、これから外出するとのことでしたし。使い魔殿は、男に化ける以外、無力でありましょう？』

「女性相手なら生気を吸うこともできますが、男性相手ですと、下手な人間より役立たずかもしれませんね。淫魔としてのあいつは、一か月児ですから」

一か月児。そうだ。産まれてまだ一か月なのだ。

一か月……なんだろう。どうにも気になる。

「菫青にはすでに見張りをつけています。井上家に迷惑をかけないよう、ちゃんと見張っておかないと、あいつは何をしでかすかわからない」

『さすがは伯爵殿。使い魔殿に何かあっては大変、ということですか。いやはや、過保護なほど大事にしておられる』

違う、といいかけて、小さく伯爵が首をふった。

「私なりに大事にしていますが……。あいつには、まったく通じていません」

『いずれ、使い魔殿も理解されましょう。それこそ、百年でも二百年でも、時間はいくらでもあるのですから』

「菫青が気づく前に、私の忍耐がなくなりそうです。さて、小鬼を調べましょうか」
光の網で縛った小鬼を手元に引き寄せる。三津丸は、興味津々という顔で見ている。
小鬼の瞳は、綺麗な青紫色をしていた。菫青の瞳と寸分たがわず同じ色だ。
おかしい、普通、小鬼の瞳は黒か茶色。なぜ、菫青と同じ色なんだ。
考えるまでもない。菫青と小鬼は、同質の存在だからだ。
言い換えれば、同じ素材から分裂したか作られた、ということだった。

「…………まさか…………」

小鬼を作り、淫魔を作れるほどのエネルギーの塊があったのだ。
そんな膨大なエネルギーは限られており、伯爵には心当たりがある。
まさか……そんな。そんなこと、あっていいはずがない。

『どうなさいましたか、伯爵殿』

目を大きく見開き、動きを止めた伯爵に三津丸が尋ねる。

その時、菫青の見張りにつけた人工精霊が、心話で異変を伝えてきた。

『井上邸に、菫青の偽物が現れました。どうしますか？』

菫青につけた人工精霊は、アクアマリンのネクタイピンがベースで、見張りや伝達に特化したものだ。複雑な物事に対処できる能力はない。

『俺が向かう。そのまま、待機してくれ』

アクアマリンの人工精霊に心話で告げると、次に大日向に命じた。

「大日向、行き先変更だ。井上邸へ向かってくれ。三津丸殿、霊体を出します。その間、私の体をお願いします」

『承知した』

やるべきことを終えると、伯爵は目を閉じた。

ひと呼吸して霊体になると、小鬼を摑《つか》み、一路、井上邸目指して意識を飛ばした。

一瞬で井上邸前まで霊体を移動させる。しかし、中には入れない。

井上邸に、結界が張られていたのである。

試しに邸内にいるアクアマリンの人工精霊に呼びかけるが、返事はない。

「まずは、コレで結界を通れるか、試してみるか」

伯爵が、手にした小鬼を見えない壁に押しつけた。

小鬼が結界に阻まれるのは、伯爵の想定の範囲内であった。しかし、結界に触れた途端、光の網に焼かれて消滅したのは想定外のことであった。

「……この結界は、俺の屋敷の結界と同種ということか。さて、どうやってこの厄介な結界を破るか。霊体だと実体の半分も力を出せないのだが……」

伯爵は結界に改めて向き直り、構造を分析する。そして、結界を発生させる動力源――エネルギー――を読み取った。

これは、菫青と同質のエネルギーだ。いったい、どういうことなんだ!?

伯爵は再び瞳を大きく見開き、早く結界を解かねばと決意を新たにしていた。

綾乃は呆然とした顔で、隣に座る菫青と新たに現れた菫青を交互に見やった。

「淫魔ちゃんが、ふたり……？」

「俺が本物だよ。綾乃さん、あっちが偽物だ」

綾乃のつぶやきに、菫青が訴える。そして、偽物を睨《にら》みつけた。

「おまえは誰だ！」

「それは、こっちの台詞《せりふ》だ。おまえこそ誰だ」

もうひとりの菫青が言い返す。偽物は、声も口調も菫青にそっくりだった。

信彦がへっぴり腰ながらも祖母のもとへ向かい、綾乃を守るように菫青から引き離す。

孫に手を引かれ、よろめきながら綾乃が立ちあがる。

「いったい、どういうことなの……」

菫青を見る綾乃の瞳に恐怖の色が浮かぶ。

いきなり俺がふたり現れたら、そりゃあ綾乃さんは驚くし、気持ち悪いよな。

それでも、菫青は気にならなかった。ただ、早く偽物をどうにかして、綾乃を恐怖から救いたい。そう思うだけだ。

でも、どうすればいいんだろう。偽物をどうにかする方法なんて、俺には全然、わかんないし……。師匠がいたなら、すぐ、わかるんだろうけど。でも、俺、師匠と離れ離れの状態で心話なんて、できないし。

菫青は、つくづく自分のポンコツぶりに呆れるが、今は、そんなことに拘泥している場合ではない。

「異様な気配がしますが、どうしましたか」

新たな声が、割って入った。一瞬、菫青は伯爵かと期待した。しかし、現れたのは、昨日の牧師――山根――だった。

山根は菫青がふたりいるのを認めると、わずかに顔をしかめた。

「やっぱり……。君は悪魔だったのか。昨日見た時、もしや、と思ったんだ」

今日の山根は白い詰襟のシャツにスーツの牧師スタイルだった。大型で鍵《かぎ》つきの、黒い革鞄《かわかばん》を提げている。

「あの〝伯爵〟と名乗る男を、信用してはいけません。悪魔は、すべて祓《はら》うか退治――消滅――すべき存在なのです。ここに、こうして悪魔がいるならば、彼は退魔師ではなくペテン師か黒魔術師だ。そもそも井上さんに悪魔を送った張本人かもしれない」

正義に燃える瞳で山根が菫青と偽物を睨みつける。

確かに、師匠は退魔師じゃないけど……ペテン師でもないし黒魔術師……では、あるかもしれないな。なんたって、錬金術師にもかかわらず、俺を魔術で捕まえちゃう腕前だし。その上、あの性格だから、暇にあかせて黒魔術をマスターしていても不思議じゃない。

主が黒魔術師扱いされたにもかかわらず、菫青が弁明もせず納得していると、山根がスーツのポケットから小瓶を取り出した。

「双方ともに黙っている……ということは、認めたということだな」

一方的に決めつけると、小瓶の蓋《ふた》を取り、中身を手前にいた菫青――偽物――に向かってふりかける。

「ぎゃあああああ！」

偽物が絶叫した。顔を中心に、液体を浴びた場所から白煙があがっている。

――これ、聖水だ！――

まずい。こんなの浴びたら、俺は消える。少なくとも大ダメージ間違いなしだ。

山根は空になった瓶を床に放り投げ、次の小瓶を手にしていた。蓋を開け、そして菫青に向かって一歩足を踏み出す。

これは、もう、ダメかも。でも……何もしないで消えちゃいたくない。

半分無駄だと思いつつ、菫青が蝙蝠に変身した。ひらりとテーブルの下に逃げ込んで、間一髪、聖水の直撃を避ける。

ほっとするのもつかの間だった。山根が三本目の小瓶を手にしていた。

「いったい、何本用意してるんだよ!?」

山根の用意周到さに、菫青が悲鳴をあげた。その間に、山根は菫青の偽物をまたぎ、テーブルに近づいていた。

偽物は、顔や首ばかりでなく衣服もドロドロに溶けていた。みるみるうちに全身が黒ずみ、縮んでゆき、猿のミイラのような姿になって消滅する。

「あぁ……神様……」

この世のものとは思えない光景に、綾乃が両手で顔を覆った。

もうじき、俺も、あぁなる。

恐怖のあまり、菫青は動けない。その間に山根がテーブルを摑んでずらす。

絨毯《じゅうたん》にはいつくばる菫青に、山根が聖水をふりかけようと腕をあげる。

「待って！　牧師さん、やめてちょうだい！」

綾乃が、山根の腕を摑んだ。間一髪、菫青は助かった。

「私は、この子が悪いものとは思えません。どうか、あんなむごい目に遭わせないで」

いつもの穏やかさが嘘《うそ》のように、綾乃の目にも声にも強いものが宿っていた。綾乃は毅《き》然《ぜん》とした表情で山根を見つめたまま、しゃがんで菫青に手を差し出す。

「淫魔ちゃん、さあ、来て」

白く柔らかい手に、菫青が飛び乗った。綾乃が菫青を優しく握り、その手をストールの下に入れた。

「お祖母様、いいのですか？　悪魔を庇《かば》ったりして」

「いいのよ、信彦。私は、私の見たもの、感じたものを信じます。牧師様、どうか、お帰りください。後ほど、このお礼はいたします」

背筋を伸ばした綾乃の姿は、堂々として威厳に満ちていた。山根は軽く眉を寄せ、しかたないという顔で聖水の入った瓶の蓋を締める。

「綾乃さん、俺を本物って信じてくれて……ううん、庇ってくれて、ありがとう」

「いいえ、私こそ、さっきは一瞬でも疑ってしまってごめんなさい。あなたは、私を一番好きだといってくれたのに」

「……私はまだ、その悪魔を見逃すとはいってませんよ。悪魔は、滅すべき存在なのですから。しかし、私の望む報酬をくださるというのなら、ここで引いてもかまいません」

「わかりました。あなたの望む報酬を払いましょう」

綾乃の即答に、山根が微笑する。

端整な顔をした山根のほほ笑みは美しかったが、菫青は、そこに禍々《まがまが》しさを感じる。なんだろう。この人……すごく嫌だ。とてつもなく怖い。

カタカタと震えながら、菫青が綾乃の指にすがるように摑まった。

綾乃の手が冷たい。菫青と同じように、綾乃も山根が怖いのだ。

菫青と綾乃が固唾《かたず》をのんで山根の出方をうかがう。

「……では、あなたがお持ちだというサファイアの指輪を、渡していただけますか？　こうなった場合には、指輪を報酬にしてほしいと義武さんより頼まれているんです」

「あの指輪を……？」

綾乃の気勢が弱まり、山根から指輪を守るように左手を胸元にやった。

「どうしても、でしょうか？　あれ以外でしたら、私の持っている宝石のどれでも――いえ、すべてでも――お渡しします」

「義武さんからは、絶対にその指輪で、といわれています」

綾乃の懇願を、山根が一蹴《いっしゅう》した。なおも、綾乃が食いさがる。

「……あなたはそれで、義武からいくら報酬をもらうのですか？　私は、その倍をお支払いします。だから、この指輪を対価にするのはやめてください」

「義武さんからいただく報酬の倍といっても、あなたが支払えると思えませんが」

「そんな高額な報酬を、義武が用意したというのですか？」

「金銭的には、ゼロです。私はただ、悪魔を消滅できさえすればいい。あなたが私に倍の報酬をとなりますと、その悪魔を除いた別の悪魔を二体、ご用意いただくことになりますが……それがあなたにできますか？」

「そんな、無茶よ」

綾乃が震える声で返す。

確かに、綾乃さんのいう通りだ。こんな報酬、用意できっこない。そうか。この人……無理だとわかってこんなことをいってる。

絶対に俺を殺すために。

そう悟った瞬間、菫青の全身に鳥肌が立つ。

俺は、とんでもない人間に目をつけられてしまったんだ。

「綾乃さん……。このまま、自然に窓に移動できる？」

小さな声で菫青がいった。

「どうしたの、淫魔ちゃん？」

「俺のかわりに大事な指輪を渡すなんてさせない。俺は、窓から逃げるよ。それで……もう、二度とここには来ないから」

「そんな……」

「わかってるでしょう。それしか方法はない。俺、綾乃さんには幸せでいてほしいんだ」

小さな蝙蝠の覚悟を決めた様子に、綾乃が悲しげに息を吐いた。

そして、顔をあげて山根を見た。

「ごめんなさい。窓を開けて、空気を入れかえていいかしら？　新鮮な空気を吸ってじっくり、冷静に考えたいの」

「どうぞ。後で、悔やむことのないようにしてください」

山根が鷹揚《おうよう》にうなずいてみせる。

綾乃が窓へ移動して、鍵を開け、窓を開けた。

「ごめんなさい。私が至らないばかりに」

「俺は、綾乃さんを困らせたくないんだ。それに、好きな女の子のためなら、いい恰好《かっこう》したいのが、男ってもんでしょ」

別れの辛《つら》さを笑顔――といっても蝙蝠なのだが――で隠し、菫青がひらりと宙に舞う。

よし、行ける！

窓を抜けたと思った瞬間、菫青の体は見えない壁に阻まれていた。

思い切り壁にぶつかって菫青が床に転がる。慌てて綾乃が菫青に駆け寄った。

「大丈夫？　淫魔ちゃん」

「なんだ、これ……。結界？」

ひとりごちた途端、董青を痛みが襲った。ほんの少し動くだけでも、いや、動かずにいても、体の表面がずくずくと痛む。

「取引の最中に逃げようなんて、さすが悪魔だ。信義もなにもあったものじゃない」

いかにも残念だ、というふうに山根が顔を左右にふった。

「おまえ、俺が逃げられないように、最初から結界を張ってたんだな！」

「悪魔と取引する可能性もあったんです。当然ですよ。さて、そんな姿でいるから、井上さんも庇いたくなるのです。……悪魔よ、その真の姿を現せ」

山根がいった瞬間、抗《あらが》いがたい力が董青の中で生じた。

まるで、伯爵に命じられた時のように、蝙蝠の姿が淡くなり、そして淫魔としての董青の姿に変わってゆく。

尖《とが》った耳に長く伸びた黒い尻尾。小さな黒いパンツをはいた姿の董青を見て、綾乃が鋭く息を呑《の》む。

「ごめんなさい、綾乃さん。変な恰好見せちゃって」

「そんなことより、淫魔ちゃん、あなた、全身に火傷《やけど》を……」

「私が張ったのは聖なる結界。邪《よこしま》な存在であれば、このような傷を負います。約束を反《ほ》故《ご》にして逃げようとしたのですから、自業自得ですよ」

火傷姿も痛々しい菫青の体に、綾乃がストールを被《かぶ》せた。

「どうしたら、この子を助けられますか？」

「私は、悪魔を〝助ける〟方法は知りません。そして、こうしている間にも、この悪魔は確実に消滅に向かっています」

「綾乃さん、俺を助けようなんて思わないで。……どうせ、俺はこのまま消えちゃうんだから、指輪は、絶対に渡しちゃ駄目だ」

「淫魔ちゃん……」

胸元を押さえた綾乃の目から、つうっと一筋、涙がこぼれた。

こんなふうに大事に思ってもらって幸せだ、と思う一方で、菫青はどうしようもなく悲しくなった。

俺、師匠と喧嘩したまま消えちゃうのか。

しまったなぁ。せめて、ひどいことといってごめんなさいって、謝っておけばよかった。

火傷は、菫青が後悔する間にもじわじわと広がっている。今では、痛みのない場所を探す方が難しいくらいだ。

「師匠……会いたい……」

ポケットに入れてもらえなくてもいい、食餌の時間が短くてもいい、一番大事じゃなくてもかまわない。

だから、最後の最後は、師匠のそばにいたかったなぁ……。

全身の痛みに、菫青が消滅の覚悟を決めた。

その時、伯爵の声が脳内に響いた。

『諦《あきら》めるな』

気のせいかな。でも、最後に師匠の声が聞けて、得しちゃった。

『私は、ご主人様の人工精霊だ。ご主人様の命にて、おまえに何かあった時のため、見守っていた。いいか、ご主人様がここに向かっている。到着まで耐えるんだ』

師匠が、俺のために、人工精霊をつけてくれてた……？

あんなひどいことといって、師匠を傷つけたばかりなのに？

俺は、師匠に大事にしてもらってたんだ。怒っていても守ってくれるくらい。

あぁ、最後に師匠に会いたい。だけど、もう無理。限界。喉も目も灼《や》けて、声も出せないし目も見えなくなっちゃった。

だから、あなたから師匠にありがとうって伝えて。

菫青は、素敵な名前をもらって、お腹いっぱいにしてもらって幸せだったって。

『菫青、しっかりしろ！』

心話が菫青の脳に響く。この頃には、菫青の五感はすべて機能を停止していた。

体もすっかり黒ずみ、縮みはじめている。

「マダム、失礼」

ストールが外れたと思うと、菫青の黒く縮んだ体が抱きあげられた。ただの穴となった口に、伯爵が躊躇《ちゅうちょ》なく口づける。

唾液とともに、生気が大量に注がれた。それと同時に、莫大《ばくだい》なキラキラが菫青の全身を覆った。キラキラが火傷を覆うと、失われた肉や皮膚、眼球が再生されてゆく。

「目を開けろ。……俺の顔は見えるか？」

いわれた通りにまぶたを開けると、伯爵の水色の瞳が見えた。

菫青が初めて見る青白い炎が、瞳に妖《あや》しく揺らめいている。

「師匠、怒ってます……ね？」

「怒っている。だが、おまえに対してではない。このような状況を作ってしまった、己の愚かさに、だ。最低限の治癒は終えた。もう、大丈夫だな？」

伯爵の言葉に菫青がこっくりとうなずいた。

淫魔の正装姿のまま、菫青が身を起こした。伯爵は綾乃のストールで顔を隠して給餌をしていた。

ストールの覆いが外れると、腰が抜けてその場に座り込む信彦と、心配げに孫に寄り添う綾乃が見えた。

そして山根はといえば、興味深いという表情で伯爵を見ていた。

「山根さん。お待たせして申し訳ない。私の使い魔が大変お世話になったようだ。このお礼は、きっちりさせてもらおうか」

「お礼など結構ですよ。悪魔の治癒などという珍しいものを見せてもらえましたからね。なぜ、そんな出来損ないの悪魔に情をかけるのか。たとえ使い魔にしたとしても、いつ主人を裏切るかわからない存在でしょうに」

山根は純粋に忠告しているようだった。その表情にも声にも、誠実さが溢《あふ》れている。

「悪魔を使い魔にしたことは幾度かありますが、裏切られたことはありません」

「力で縛って……ですか。それにも限界があるでしょう？」

山根が口元に微笑を浮かべた。その瞬間、菫青の脳に声が響いた。

〝綾乃から指輪を奪え〟

なんで、こんな声が聞こえるんだ？

当然、菫青は、こんな声は無視するつもりでいた。しかし、なぜか足が動いてしまう。その場を立ちあがり、ゆっくりと綾乃へ向かって歩き出す。

「……っ！」

なんで、といおうとしたのに、声が出ない。伯爵の方を見ようとしたが、顔も動かず、視線も動かせなかった。

まるで、操り人形になってしまったように。

俺、いったい、どうしちゃったんだ？　こんなの、師匠に変身を命令された時くらいしかない。でも、あの時は喋れた。今の束縛は、もっと強い。強くて……怖い。

菫青が綾乃の前に立った。

「淫魔ちゃん、体はもう大丈夫なのね」

菫青は淫魔の正装姿で、そのため火傷が完治したのは一目瞭然《いちもくりょうぜん》であった。

綾乃に話しかけられたにもかかわらず、菫青は答えもせずに無表情で立っている。

「……淫魔ちゃん、どうしたの？」

菫青が無言のまま綾乃に手を伸ばす。襟からのぞくチェーンに手をかけると、中から指輪を引き出した。

なんで、どうして、俺、こんなことをしてるんだ⁉

嫌なのに。本当に嫌なのに。誰か……師匠、俺を止めて‼

心の中で叫んでも、菫青の動きは止まらない。指輪を握って、勢いよく引っ張った。

「あっ！」

チェーンが綾乃の首に擦れて傷がつく。菫青の乱暴なふるまいに、信彦が大声を出した。

「何をするんだ。お祖母様に指輪を返せ！」

異変に気づき、伯爵が大股《おおまた》で菫青に近づいた。

「マダムの指輪を取ったのか？　返しなさい」

しかし、菫青は相変わらず無言のまま、右手で指輪を握り締めている。

「返しなさい」

再び伯爵がいった。強い言葉。命令だ。

菫青の全身に軽く電流が走った。右手が開きかけたが、頭の中に〝開くな〟という声が響くと、菫青は再び手を固く握った。

師匠より、こっちの命令の方が強い？　そんなこと、ありえないのに。

「ほら、ご覧なさい。この淫魔、早速、あなたの命令を無視しているじゃないですか。わかったでしょう。悪魔に心を向けるなんて、愚かな行為だと」

「……あいにく、私は己の信念を曲げるつもりはない」

伯爵が菫青の右手を両手で強引に開こうとする。

そして、菫青の指先が開くと、わずかな隙間《すきま》から、サファイアの指輪が現れる。

「サファイア……それも、カシミール産の？」

大粒のカシミール産サファイアと判断して、伯爵が目を瞠《みは》る。その瞬間、菫青の脳に命令が届いた。

〝部屋の扉に向かって、指輪を投げろ〟

菫青はその言葉に逆らえない。素早く扉に向かって指輪を投げた。

伯爵が鋭く息を呑む。目で指輪の行方を追ったかと思うと、伯爵の体が動いていた。

その間に、菫青の脳に新たな命令が届いていた。

〝綾乃を殺せ〟

嫌だと思う間もなく、菫青の両手が綾乃の首に伸びていた。

「淫魔ちゃんっ！」

危険を感じた綾乃の声に、伯爵がふり返る。そして、綾乃を襲う菫青の姿を見て、またしても踵《きびす》を返す。

「信彦さん、こいつを止めてください！　今のこいつは、普段のこいつじゃない」

「わかった。淫魔くん、やめないか‼」

信彦が菫青の腕にむしゃぶりつく。しかし、菫青の力が弱まることはない。

「さて、どうしますか？　主の命令に逆らい、そして今、人間を手にかけようとしている。こんな悪魔を、私は見逃すことはできません。今すぐ消すことに、異存はありませんね」

山根がジャケットのポケットから小瓶を取り出した。

「……その必要はありません。この責任は、私にある。私の手で、始末をつけます」

伯爵が山根を睨みつけながらいうと、目を閉じて一呼吸した。

『天軍の総帥、神に似た者、大天使ミカエルよ、我、コンテ・ド・サンジェルマンが汝《なんじ》とともに作りし聖なる焔《ほのお》、ヴァイオレット・フレイムでわが使い魔を清め給え』

伯爵がフランス語で詠唱するやいなや、菫青の体が銀と紫の炎で覆われた。

「あ、あぁあああああ……」

灼ける。灼ける。体が……！

痛みを感じる暇もない劫火《こうか》であった。

瞬く間に菫青の体が炭化し、その場に崩れ落ちていた。


不思議な銀紫の焔は、菫青だけを焼き、至近距離にもかかわらず、信彦と綾乃は火傷ひとつ負っていない。

「穢《けが》れのみを焼く炎です。信彦さんやマダムがこの炎に触れても影響はありません」

呆然とする信彦に伯爵が淡々と返した。綾乃が咳《せ》き込みながらその場に膝をつく。

炭化した菫青を一顧だにせず、伯爵が綾乃に駆け寄った。

「いけない、気を失っている。信彦さん、すぐにマダムをソファで休ませてください」

信彦がうなずくと同時に、山根の哄笑《こうしょう》が客間に響いた。

「これはすごい。一瞬で悪魔を滅するとは。伯爵、あなたはいったい、何者ですか？」

「私が誰かなど、どうでもいい。それよりあなたも聖職者のはしくれなら、少しはマダムの心配をしたらどうですか？」

ソファに横たわった綾乃に癒《いや》しの気を送りつつ、伯爵が問う。

「そんな女のことより、今は、あなたのことです。その体は霊体でしょう？　実力の半分も出せていないはず。その状態でこの威力……。あなたは、なんと素晴らしい。その霊体、私が消してもいいですか？」

「こんなに嬉しくない告白は、ひさしぶりだ」

心底楽しそうな山根に伯爵が苦々しげに返した。

「霊体を消せば、精神——魂——も消える。あなたは私を生ける屍《しかばね》としたいのか？」

「魂を失ったあなたの肉体をいただければ、最高でしょうね。その溢れる生気を使って、伝説のリバイアサンでも作りましょうか」

作る、という言葉に、伯爵の中で推測が確信に変わった。

一か月前に日本で行方不明になったユニコーン。

時を同じくして現れた淫魔。

淫魔と同じエネルギーを持つ小鬼、そして強力な結界。

ユニコーンから魂を抜き取り、人工悪魔を作る。ユニコーンほどの精霊ならば、残ったエネルギーで小鬼を作り、結界の動力源とするのも、十分可能だ。

問題は、淫魔——菫青——だった。

菫青が作られた悪魔だとして、その核が、ユニコーンの魂とは限らない。

俺の予想が外れていれば……菫青は消えた。だが。

「残念ながらそれは、叶《かな》わぬ夢だ。……実体が、ここに到着した」

その言葉と同時に、三津丸を肩に乗せ能面のような表情をした伯爵が現れた。

「伯爵も、ふたり!?」

「ここにいる私は霊体、精神だけの存在です。今来たのが肉体で……」

喋る間に伯爵が消えた。今しがたやってきた伯爵が口を開く。

「今、精神を肉体に戻しました。……さあ、万全の態勢でお相手しよう。私は過去、将校の経験もある。おまえひとり捕まえるくらい、わけないことだ」

「実体に戻りましたか……。悔しいですが、今の私では、あなたに敵《かな》いません。ここは逃げるとしましょう」

おもむろに山根が手にした鞄を開けた。蓋が開いた瞬間、中から、黒い塊が飛び出した。

「神使殿、ふたりを頼みます」

『心得た！』

獣の正体を確かめる前に、伯爵が叫び、三津丸が応じる。

喋る烏の出現に、信彦は目を丸くして絶句した。

『そこの青年、それがしは熊野三山の神使。怪しきものではない。安心めされい』

闊達《かったつ》な三津丸に、信彦が毒気を抜かれたようにうなずく。

その間に、黒い塊は頭が三つ、尾は竜、そして蠢《うごめ》く蛇をたてがみとした犬へと変貌《へんぼう》を遂げていた。

「ギリシャ神話の地獄の番犬、ケルベロスか」

ケルベロスの瞳は青紫に燃えていた。その色を見た伯爵の気配が変わる。

おそらくこれは、ユニコーンのエネルギーを元に作ったモノだ。

「山根、貴様はこれを、何から作った⁉」

「そんなことを気にするよりも、ケルベロスを倒す算段を考えた方がいいのでは？　いってておきますが、それに浄化の炎は効きませんよ。悪魔ではありませんからね」

ケルベロスは異形の獣であるが、悪魔ではない。神話において厄介者扱いはされるが、冥府の秩序を維持する神獣なのだ。

「それでは、これで失礼します」

山根の言葉と同時に、ケルベロスが伯爵に襲いかかる。とっさに身をかわした伯爵の横を山根がすり抜け、客間から出て行った。

そしてその後に、指輪を抱えた小鬼が続く。

カシミール産のサファイアが……。後で、マダムに見せてもらおうと思っていたのに。

マニアの楽しみを奪われて、伯爵が忌々しげに舌打ちする。

「どうするか……。武器でもあれば、動きを止められるんだが」

『では、それがしが手助けいたしましょう』

三津丸が伯爵のもとに羽ばたいて、その身を錫杖《しゃくじょう》に変じた。

「助かります、神使殿」

そういって、伯爵が錫杖をしっかと握る。錫杖でケルベロスを牽制《けんせい》しつつ、黒焦げになった菫青を見る。

伯爵が菫青を聖なる焔で焼いたのは、賭《か》けだった。

もし、伯爵の予想が当たっていたならば、まだ、菫青は死んでいない。浄化の焔が焼くのは、邪なエネルギーのみ。邪でない部分は、残るのだ。

いや、確かに伯爵は菫青の気配を感じていた。期待しすぎてはいけないと自制しながらも、気分は高揚していた。

ケルベロスの真ん中の頭が口を開き、伯爵の腕をめがけて飛びかかる。すかさず錫杖で叩《たた》き落とすが、竜の尾が、待ってましたとばかりに伯爵の脚を打つ。

打たれた衝撃に、伯爵が床に倒れる。そこにケルベロスの右頭部が嚙《か》みついてきたが、錫杖を反転させ、額を柄で打って退けた。

ギャン！　という悲鳴をあげて、ケルベロスがいったん後ろに退く。

菫青はといえば、焦げた肌にひびが入って黒い欠片《かけら》がパラパラとはがれ落ち、中から白い地肌が見えていた。

「残る頭部はあとふたつ。それまでいけそうですか、神使殿」

伯爵の問いに、錫杖がシャリンと金属音をたてて応じる。

ケルベロスは伯爵が油断ならない相手と思ったか、睨みあいとなる。

伯爵が半歩足を近づけると、ケルベロスがうなった。

おもむろにケルベロスが伯爵の斜め後ろに向かってジャンプした。伯爵の脇腹めがけて尾がうなり、すんでのところで回避する。

そこで、ケルベロスの尾がたまたま菫青の体にぶつかった。

鈍い音がして菫青の体が砕け散る。

その瞬間だった。

さなぎから蝶《ちょう》が羽化するように、黒い殻を破り、白い仔馬が姿を現す。

新雪のように白い体。白銀のたてがみ、尾。

しかし、額から伸びる角だけが黒い。それが、淫魔であった過去を表すように。

ユニコーンに戻った菫青はぶるりと体を震わせて、淫魔の殻をふるい落とした。

あぁ、やはり。菫青の核は、ユニコーンの魂だった。

俺は、間違っていなかった。

思えば、今までいくつもそうではないかと思わせることがあった。

悪魔なのに、自分の名を知らなかった。

ユニコーン探しの霊査、あれは見つからなかったのではなく、ここにいるという意味だったのだ。

木や花がその身を削ってまで菫青を生き永らえさせていた。

菫青自身がマダムに対して、邪気を吸うという解決法を考えていた。

なにより、菫青に関《かか》わった者たち全員の『悪魔とは思えない』という言葉。

すべてが真実を指していたのに、俺だけが、何も見ていなかった。いや、気づこうとしていなかった。

菫青が淫魔ではないという可能性を頭から除外して、ポンコツのひとことで自分を納得させていたのだ。

その理由はただひとつ。

お腹いっぱいになったら幸せだという健気《けなげ》な淫魔を、愛《いと》しく思ったからだ。

ユニコーンであれば、女神のもとに帰さなければならない。しかし、ただの淫魔であったならば、手元に置いておけるから。

だがしかし、それも終わりだ。俺は、俺のなすべきことをなさねばならない。

奔流のような思考は、一瞬であった。すぐに伯爵は眼前の光景に意識を集中させた。

『師匠に何をする！』

姿こそユニコーンに変わったものの、中身は菫青のままだった。

まだ仔馬の菫青とケルベロスでは、ケルベロスの方が一回り大きい。

しかし、好戦的なユニコーンの性質そのままに、菫青は黒い角を槍《やり》のようにふりかざし、ケルベロスに向かってゆく。

しかし客間は狭く、ヒット・アンド・アウェイを得意とする一角獣には不利な戦場で、力も速さもない角の一突きはあっさりかわされてしまう。

「倒す必要はない。おまえは奴の動きを止めればいい。俺が、魔術を使う時間を稼げ」

『わかりましたぁ！』

調子よく返事をすると、菫青は青紫の瞳でケルベロスを睨みつける。

ケルベロスは菫青と伯爵に前後を挟まれている。中央と左の頭部でふたりを警戒しつつ、隙ができるのを待っている。

菫青が角で尻尾に向かって攻撃すると、尾ではらわれた。その衝撃に、菫青がよろめく。よろめいた菫青の方を与《くみ》しやすいと考えたか、ケルベロスが菫青の方を向いた。

ケルベロスがまっすぐ飛びかかってくれば、菫青も角でひと突きできるが、相手もそう甘くはない。

ジャンプをし、角の間合いギリギリのところに着地すると、素早く斜めに飛んで尾で首筋を狙《ねら》ってきた。

『させるか!!』

首を伏せて尾の攻撃をかわしつつ馬体をひねり、着地したところを狙って後ろ脚で蹴《け》りあげた。偶然だろうが、ケルベロスの横腹に蹄《ひづめ》が入る。

空中でケルベロスの体が真横に吹っ飛ぶ。

そこへ菫青が駆け寄り、両前脚でケルベロスの体を押さえつけようとする。

しかし、ケルベロスのたてがみ――蛇――がそうはさせじと牙《きば》をむいて威嚇《いかく》する。

『だったら、こうだ！』

角で腹を突き、串刺《くしざ》しにする。床にケルベロスを縫いつけたまま、菫青は尾を避けて頭部に回り込んだ。

『師匠、俺、やりましたよ！』

誇らしげに菫青が報告する。

実際、産まれたばかりで、初めての戦いと考えれば、菫青の手際は鮮やかだった。

菫青の本性は淫魔ではなくユニコーンであったということか。

そう、一抹の寂しさを覚えながら伯爵が心の中でひとりごちた。

「上出来だ。きっと、こんなことは最初で最後だろうがな」

『最後ってなんですか！　俺はやればできる子だから、これからもお役に立ちますよ』

主の思いも知らずに、菫青が弾んだ声で答える。

伯爵が錫杖を杖《つえ》のように構えて目を伏せた。そして、フランス語で低く詠唱をはじめる。

悪魔ではなく、神獣。

それを静めるためには、どうすればいいか。その答えを伯爵は知っていた。

いや、この世のすべての存在に対して、〝それ〟は有効なのだ。

『……よ、どうかあなたの僕に救いの手を差し伸べ給え。あなたの愛と祝福を、この場にいるすべての者に与え給え』

伯爵が詠唱を終えると、すぐに頭上から白と黄金の光が降りてきた。

それは真砂《まさご》よりも細かく、水よりも優しく柔らかで、穏やかな喜びに満ちている。

完全なる受容のエネルギー。それは、無限の、そして無制限の愛そのものだ。

「これは……」

金と白の光を浴びて、信彦が呆《ほう》けたようにつぶやいた。その目には、涙が浮かんでいる。

この光を浴びれば、誰もがこんなふうになる。人の世において極めて稀《まれ》で純粋な愛の光は、人の心の奥深いところまで届いて、強烈な癒しをもたらす。

涙が流れるのがその証拠だ。人は、わだかまりや屈託が消える時、涙を流すものだから。

そして、肝心のケルベロスもまた、眩《まぶ》しいほどの光に包まれている。

「角を抜け。もう、それは害をなさない」

本当に、大丈夫なんだろうかという顔で、菫青がケルベロスから角を抜いた。

伯爵が意識をケルベロスに集中し、構造を分析する。

これは、召喚されたものか。人を恨んで死んだ犬の骨を依《よ》り代《しろ》にしてケルベロスを憑《つ》か

せ、ユニコーンのエネルギーを動力源としているのだな。

丁寧にケルベロスの霊――一種の分霊だ――を切り離し、冥界へつながる道を開く。

『あなたのいるべきところへ、どうぞお帰りください』

伯爵の言葉に、ケルベロスの霊が速やかに冥界へ帰って行った。

この分だと、山根の奴、かなり強引な召喚をしたな。

力で縛り、相手の意志を無視するようなやり方をすれば、逆らわれて当然だ。

「次は、こちらか」

伯爵が犬の頭蓋骨《ずがいこつ》に向き直る。伯爵は錫杖を手放して、ジャケットを脱いだ。錫杖はすぐに八咫烏《やたがらす》の姿に戻る。

伯爵が床にひざまずき、ジャケットを腿に被せると、犬の頭蓋骨をのせた。

犬の骨には、強い恨みの念が残っていた。

ペットショップから買ってきた血統書付きの小型犬。仔犬の時はぬいぐるみのようにかわいがられていたが、飼い主が躾を怠り、扱いづらくなったところで病気になり、遠い場所に捨てられた。

幸か不幸か保健所に捕まることもなく、捨てられた場所から飼い主の家に戻る途中で車に轢《ひ》かれ、命を終えたのだ。

体が痛い。お腹がすいた。

寂しい、悲しい。

ご主人様に会いたい。

　そんな感情を読み取って、伯爵はやり切れない思いになった。

　恨むのは、悲しいからだ。愛されていたことがあったから、悲しいのだ。

　たとえそれが、無責任で自分勝手なものであったにしろ、この犬にとって、それは確かに愛だった。

「もう大丈夫だ。どこも痛くないだろう？　お腹だってもうすいていない」

　頭蓋骨に向かって、まるで生きているかのように、伯爵が語りかける。

　伯爵の目には、頭蓋骨に重なって、死ぬ直前の犬の姿が見えている。

　痩《や》せ衰えてガリガリの体は、伯爵の言葉を受けて、健康だった時の姿に戻る。

　白と金の光に包まれて、仔犬がさかんに尻尾をふっている。

「悲しかったことも辛かったことも、もう終わりだ。何物にも縛られず、おまえの行くべき場所へ連れて行ってもらうといい」

　伯爵が詠唱なしで大天使ラファエルを呼び出す。

　女性のように柔和な顔をしたラファエルが、犬の霊を抱きあげた。天使の腕の中で、仔犬はおとなしくしていた。

　これから自分に起こることを知っているかのように。

「どうか、この子をよろしくお願いします」

伯爵の言葉に、ラファエルがほほ笑みで返す。ふわりと天使が浮きあがり、そして出てきた時と同じように一瞬で消えた。

最後に、ユニコーンの気が大量にこの場に残った。

このまま放っておけば、時とともに拡散するが、その間、井上邸の応接室がパワースポットになってしまう。

「カエサルのものはカエサルに……だな」

ケルベロスに使われたことで、ユニコーンの気は変質していたが、白と金の光を浴びたことで、元の純粋さを取り戻していた。

浄化の本質も、また愛だから。

伯爵がユニコーンの気を集めて凝縮させると、美しい青紫の塊に変化した。

「こっちに来て、これを食べるんだ」

『どう見ても石ですよね。食べられるんですか？』

伯爵がぐいと菫青の鼻先に気の塊を突きつける。

「石のように見えるが石ではない。おまえが本来持っていたエネルギーの一部だ」

『こんなに綺麗なのに、食べちゃうのは、もったいないですね』

そういいながらも菫青が石を口に入れた。

「何かかわったか？」

『よく、わかりません。でも、ちょっとだけ元気になったというか……。そういえば、俺、今、どんな形をしてますか？　淫魔じゃなくなったのはわかるんですけど、動物になってますよね。どんな動物でしょうか？』

「ユニコーンだ。ただし、角が黒い」

『ユニコーン！　俺が!?　……冗談ですよね』

「俺は、嘘はつかない。事情は後で説明してやる」

驚きにぴょんぴょん跳ねる菫青を放っておいて、伯爵が腿に置いたままの犬の頭蓋骨を丁寧にジャケットでくるんで立ちあがる。

「信彦さん、すべて終わりました。マダムのお加減はいかがですか？」

白と金の光は、マダムの心身も癒したはずだ。菫青に絞められた首の痕《あと》も……もしかしたら、体に巣くう病の巣さえも消えたかもしれない。

「お祖母様」

「……あぁ、信彦。私、とてもよい夢を見ていたのよ。イエス様が現れて、あの方が放つ光輝を浴びて、心がとても安らいで……至福、というのはこういうことをいうのかしら」

信彦の呼びかけに、綾乃が目を覚ました。

『綾乃さん！　俺、ひどいことしちゃってごめんなさい！』

一目散に菫青が綾乃に駆け寄る。

「なぜ、ユニコーンがいるの⁉」

さすがの綾乃も自宅の応接室にユニコーンの仔馬がいる、という事態に仰天している。

『俺だよ。淫魔だよ。……ちょっと待って、元の姿に戻るから』

その言葉と同時に、ユニコーンが姿を消した。かわりに現れたのは、淫魔の尖った耳と尻尾を失くした、全裸の菫青だった。

「きゃあ！」

「ちょっと、淫魔くん‼」

「今すぐ蝙蝠の姿になれ！」

綾乃が悲鳴をあげて顔を覆い、信彦が咎《とが》め、そして伯爵が解決策を提示する。

慌てて菫青が蝙蝠の姿になって、場が収まったのだった。


ひと段落がつき、客間を片付けてから、綾乃と信彦が並んで座る。その向かいに伯爵が座って事情を説明することになった。

三津丸は伯爵の中に姿を消し、菫青は蝙蝠の姿で伯爵の太腿の上にいた。

やっぱり、師匠の膝はいい。落ち着く。いい匂《にお》いがして、安心する。

俺は、師匠が大好きだ。

菫青の手がぎゅっと伯爵のセーターを摑むと、伯爵が優しく頭や背中をなでた。

うん。俺は、師匠に大事にされてる。

ユニコーンでも淫魔でも同じように師匠は、〝俺〟を、かわいがってくれている。今は、それが信じられる。

夕食時ではあったが、綾乃も信彦も食欲がないとのことで、お手伝いの作ったサンドウィッチを申し訳ていどに摘《つ》まみ、紅茶を飲んでいる。

伯爵もミネラルウォーターを出してもらい、渇いた喉を潤していた。

お手伝いは、山根が来たタイミングで、昏倒《こんとう》するように寝てしまったらしい。

「奥様、坊ちゃま、申し訳ありません。本当に申し訳ございません」

「どうしても眠くなってしまったのね。誰でも、そういうことはあるものよ」

まさか、山根によって眠らされたと説明もできず、恐縮して謝り続けるお手伝いに綾乃がそういった。

最後まで謝罪しながらお手伝いが退出し、伯爵が口を開く。

女神からの依頼で日本にユニコーンを探しに来たこと。そのユニコーンが菫青であったこと。山根がユニコーンの魂をベースに、淫魔を作ったこと。

「淫魔は、私の使い魔としましたが、創造主である山根の方が命令の優先順位は上です。

あの時、淫魔が私の命令に逆らったことは、すべて、山根の命令があってのことです」

「淫魔ちゃんは、その命令には逆らえないのね？」

「はい。どんなに嫌でも、逆らえません。それほどの強制力です」

「かわいそうに……。辛かったわね」

労《いたわ》りの言葉をかけられて、菫青が伯爵の膝から綾乃のもとへ飛び立った。

「ごめんなさい、綾乃さん。……本当にごめんなさい」

指先で綾乃のストールを摑み、懸命に菫青が謝る。

「いいのよ、みんな、こうして無事だったのですもの。むしろ、今、とても体調がいいの。体のどこも痛くないなんて、本当に、ひさしぶりだわ」

綾乃の頬は血色がよく、声にも張りがあった。

そうして綾乃は菫青を抱きあげ、背中を優しくなでる。

「それは、師匠が魔術で呼び出した光を浴びたからだよ。あれは、すごくよいもので、キラキラがいっぱいだったんだ」

「マダムが気絶した後、山根がケルベロスを出しまして……。それを冥界に帰すための下準備として、私が浄化や治癒といった効果のある光をこの応接室に満たしたのです」

言葉の足りない菫青にかわり、伯爵が説明する。

「浄化や、治癒……。魔術では、そういうこともできるのね。それに、呼び出されたケルベロスを、消すのではなく帰したのですね」

「消す必要がありませんでしたから」

「伯爵、あなたは、とても優しい人ですね。あなたが消すことではなく、帰すことを選んでくれたこと、こうして私を元気にしてくださったことに、心から感謝いたします」

綾乃が深々と頭をさげる。

「礼をいわれるようなことはしておりません。私は、マダムの指輪を山根に奪われてしまった。むしろ、私がマダムに謝罪しなければ。……しかし、どうして山根はマダムの指輪を奪って行ったのだろうか……」

考え込む顔をした伯爵に、手短かに綾乃が状況を説明した。

「では、マダムの指輪は、確かにカシミール産のサファイアで、他にもいくつか宝飾品をお持ちだというのですね？」

「他の物は、貸金庫に預けてあります」

「細工の見事な鶉《うずら》の卵ほどのルビーのブローチもその中に？」

「えぇ、どうしてご存知なのですか？」

「……心当たりがあります。もしかしたら、奪われた指輪は取り戻せるかもしれません」

「本当ですか！」

伯爵の言葉に、綾乃が目を見開いた。

この時になって、菫青は昨日の商談を思い出した。

「師匠、昨日の商談、足りなかったサファイアの指輪が、綾乃さんの指輪だってこと？」

菫青が大声でいうと、事情を知らない綾乃と信彦が顔を見合わせた。

そして、再び伯爵が昨日の商談についてふたりに説明した。

「そういうことでしたの……」

事情を聴き終えた綾乃が嘆息した。実の息子の所業を知り、綾乃の表情が曇る。

「……あくまでも推測ですが、私がサファイアの指輪がなければ商談には応じられないと突っぱねたため、早急にサファイアの指輪が必要となった義武さんは、山根に回収を頼んだのではないでしょうか」

「……義武《あのこ》なら、やりかねません。でも……だからといって、母親である私の命を奪う危険をおかしてまで、そんなことをするでしょうか？」

「マダムを害することは、山根の独断かもしれません。最初に私の使い魔とそっくりの使い魔が現れたということは、最初はマダムを騙《だま》して指輪を持ち出す計画だったのかも？」

伯爵の言葉は気休めにすぎない。それでも、義武が命じたのではないという可能性に、綾乃は固く強張《こわば》った表情を緩めた。

「さて、もう夜も遅いし、マダムもお疲れでしょう。私どもはこの辺で退散いたします。念のため、マダムには私の人工精霊――使い魔のようなもの――をおつけしますので、何かありましたら、すぐに手を打ちます」

伯爵がいうと同時に、菫青の背中から、小さな光の玉が飛び出した。

それは、空中でコマドリ――しかし羽根は水色だ――に姿を変え、綾乃の肩に乗る。

綾乃が不思議そうに肩に止まったコマドリを見る。それから、手の中でくつろぐ菫青にまなざしを向けた。

「淫魔ちゃんがユニコーンだったということは……もうじき、故郷に帰ってしまうのね。せっかくお友達になったのに、遠いところへ行ってしまうなんて、寂しいわ」

「申し訳ありません。ユニコーンを故郷に連れ帰るという約束をしていますので。……私も、こいつとは明日、別れることになります」

伯爵が手を伸ばし、菫青にこっちに来いと身ぶりで示す。

「師匠。俺、師匠の使い魔だから、ずっと一緒にいるんですよね？」

綾乃の手の中で、菫青が不思議そうに尋ねる。

「何をいっている。明日の一番早いフライトでフランスへ飛んで、その足でエポナ様のもとに行く。そして、おまえはエポナ様の聖地――妖精界――で暮らすんだ」

伯爵とは、明日までしかいられない。

その事実を鼻先につきつけられた瞬間、菫青の目からぶわっと涙が溢れていた。

ボタボタと涙を流しながら、菫青は石のように固まっている。

「マダム、失礼します」

伯爵が立ちあがり、綾乃の手から凍りついた菫青を摘まみあげる。

「淫魔ちゃん、元気でいてね。本当にありがとう。あなたのことは一生忘れないわ」

最後に綾乃に人さし指で頭をなでられても、菫青はうなずき返すのがやっとだった。

大日向は井上邸の前までふたりを迎えに来ていた。

後部座席に座るとすぐに、伯爵が菫青に尋ねる。

「いったい、どうしたというんだ。急におかしくなって」

「だって俺、これからもずっと師匠と一緒にいられるって思ってたから……」

伯爵の手の中で、菫青は泣き続ける。

あまりにも悲しくて、別れがたくて、どうしていいのかわからず、伯爵の指を両手で摑んで甘嚙みする。

「腹が減ってるのか？　今日は大活躍だったから、空腹になってもしょうがない。しかし、生気を吸いたいなら、もっとやりようがあるだろうに」

「違います！」

はぐはぐと伯爵の手をはみながら、菫青が答える。

「ご機嫌斜めだな。叱《しか》らないから、奇行の理由をいってみろ」

「……昼間は、ユニコーンなんか死んでるっていって、すみませんでした」

「唐突だな」

　よほど意表をつかれたのか、伯爵が目を見開いた。

「俺、師匠に大事にされてるのに気づかなくて、師匠がユニコーンのことを宝物みたいに大事に思ってるのが悔しくて……。すごく、憎たらしくなったんです」

「実際、おまえは宝石よりも貴重な存在だ。今後もユニコーンが誕生する保証はない。この世に産まれる、最後のユニコーンになるかもしれないのだから」

　伯爵が親指の腹で菫青の顎をなであげる。菫青は甘噛みをやめて、うつむいた。

「俺、本当にユニコーンなんですか？　師匠の鑑定違いじゃありませんか？」

「それは、絶対にない」

　プロとしての矜持《きょうじ》が傷つけられたか、伯爵が冷ややかな声で返した。

「……じゃあ、女神にユニコーンは消えてしまったって報告はできませんか？」

「俺に嘘をつけと？」

　伯爵がついと眉をあげ、菫青は縮こまる。

　そうだった。自分本位の嘘をつくのはよくないって、師匠に教わったんだ。

「……だったら、師匠が妖精界に来て、俺と暮らすってことは……」

「不可能だ。あそこは、人間が長くいていい場所ではない」

「じゃあ、どうしたら俺は師匠と一緒にいられるんですか？」

「大丈夫。俺がいなくとも、妖精界に帰れば、おまえは腹が減ることもないし、消える心配もない。女神も仲間もいる。おまえはひとりじゃないし、みんながおまえを愛している。寂しいと思う暇もないだろう」

伯爵が指で菫青の頭を優しくなでる。励ますように、不安をなだめるように。

「そうだな……。車が屋敷に着くまでの間、おまえのいうことをなんでも聞いてやろう。ただし、この車の中でできることだけだ」

「……師匠に、してほしいこと……？」

いきなりの提案に、菫青が小首を傾《かし》げる。

師匠にしてほしいこと。師匠に……。

「師匠の精液が舐《な》めたい！」

「……おまえって奴は、本当に食い意地が張ってるなぁ。まあ、いいだろう」

「いいんですか！」

「おまえを相手に公開オナニーショーというのは気が進まないが、約束を破るのはよくないからな」

「俺が、師匠を勃《た》たせます！」

勢い込んでいうと、その場で菫青が人型になった。

全裸の菫青が伯爵の太腿にまたがり、両腕を伯爵の首に回した。

青紫の瞳を見て、伯爵が目を細める。その時、車が伯爵の屋敷に到着した。

「残念だったな。時間切れだ」

おかしくてたまらないという顔で伯爵が告げる。

「ひどいです！　あとちょっとで家に着くってわかってて、あんなことといったんですね」

「馬鹿め。それはおまえの選択ミスだ。第一、俺がこんな短い時間で勃ってイくわけないだろうが。そんなこともわからないのか？」

「俺は、師匠とキスしたら、それだけでイっちゃいますもん」

唇を尖らせる菫青の顎を、笑顔のままで伯爵が捕らえる。

菫青の顔を上向かせると、その唇にキスをする。

重ねるだけの口づけだった。

舌も入れない、唾液も注がない。食餌ではないキスだ。

キスを終えると、伯爵が菫青の肩を優しく押した。

「……さぁ、膝からおりて、車から出るんだ。それからまっすぐ、俺の寝室に行け」

菫青が伯爵の命令に従った。

車寄せに立つと内側から玄関の扉が開き、雨塚がそこで待っていた。

「若君、お帰りなさいませ」

恭しい声でいうと、雨塚が菫青の手を取って歩き出す。

「雨塚さん、俺、若君なんかじゃないですよ」

「いいえ。あなた様はご主人様の大切なお客様です。これより先はこの屋敷の賓客として、おもてなしさせていただきます」

雨塚の変貌ぶりに、菫青がとまどいながらふり返る。

伯爵は犬の頭蓋骨を包んだジャケットを大日向に渡しているところだった。

「この中の骨を、庭の日当たりのいい……、そうだな、花壇の見える場所に埋めてくれ」

伯爵が顔をあげ、ゆっくりと玄関ホールへ入ってくる。

そして、改まった顔で菫青の前に立ち、胸に手を当て、お辞儀する。

「今後、私のことは、師匠ではなく、伯爵とお呼びください」

「師匠、いきなり、どうしたんです？」

あれ？　師匠が変だ。なんだろう。すごく、嫌な予感がする。

「私のことは、伯爵、と。……あなたはもう、淫魔でもなければ私の使い魔でもありません。大事な古い友人の大切な末子。賓客です。菫青という名も、もう、あなたのものではありません。これからは、若君とお呼びします」

「もう、師匠を師匠って呼んじゃ、ダメなの？　俺は菫青でもなくなっちゃったの？」

「その名は、私が使い魔に与えたもの。ユニコーンとしての若君は本質が変質してしまった故に、以前の名ではないでしょうが、もっとあなたにふさわしい、素晴らしい名前を女神が授けることでしょう」

　あくまでも、伯爵は菫青に対して丁寧な物言いをした。

「俺には、菫青以上にいい名前なんてないです」

　菫青が伯爵に手を伸ばす。すると、素早く伯爵が後ろに退き、菫青と距離をおいた。

「私に触れてはなりません。ユニコーンが触れる人は、処女のみと決まっています。もう淫魔ではないのですから、ユニコーンらしいふるまいを覚えないと、故郷に帰って苦労しますよ」

　伯爵の目も声も表情も優しいが、それでも菫青を全身で拒絶していた。

「……え？　じゃ、じゃあ、今晩師匠……伯爵は、どこに寝るんですか？　伯爵の寝室で一緒に寝るんですよね？」

「私は客間で休みます」

　菫青の淡い期待を、伯爵が切って捨てる。

「そんな！　じゃ、じゃあ……食餌！　俺の食餌は？」

「あなた用の回復薬を用意しましょう。今晩は、私の霊薬を飲んでください。悪魔にあれは毒ですが、消耗したユニコーンにならば、問題ありません」

　キス……食餌さえも……俺は、してもらえないの？

　俺のためだっていうのはわかるけど、でも、こんなのって、ない。

気がつけば、菫青は蝙蝠の姿になっていた。小さい獣は泣きながら伯爵に向かった。

しかし、素早く雨塚が動き、白い手が菫青を捕まえる。

「若君を寝室へ。俺は書斎で作業がある」

菫青が声をあげて泣いたにもかかわらず、伯爵は書斎へ去っていった。

今までだったら、絶対に、声をかけて俺を手に握って、涙を拭《ふ》いてくれたのに……。

この瞬間、菫青は、使い魔だった自分が、どれほど伯爵に気遣われ、愛され、慈しまれていたのかを理解した。

本当に、俺は、ものすごく師匠に大事にされてたんだ……！

淫魔であっても、ユニコーンになっても、師匠は俺を大事にしてくれる。いつでも、一番大事にしてくれている。

でも、今の大事は、俺の欲しかった大事じゃない。

それでも菫青はユニコーンの本能で伯爵の態度が正しいことを悟っていた。

だから、余計に辛い。

あぁ……一番大事にされてるのに。それに満足しなきゃいけないのに。

でも、俺は……こんなにも、師匠が恋しい。

あの腕を知らなければよかった。あの温《ぬく》もりに包まれなければよかった。

無邪気でポンコツな淫魔に戻りたい。戻って、師匠に思う存分甘えたい。

ただ、それだけを菫青は考えてしまう。

その間に、菫青は雨塚によって寝室に連れて行かれて、ベッドにそっと置かれた。

いったん雨塚は寝室を去ったが、すぐに戻ってきた。

「若君、ご主人様から、いいつかりまして、今宵《こよい》の分の霊薬をお持ちしました」

雨塚は、瀟洒《しょうしゃ》なガラス製のコップをのせた銀製のトレイを手にしている。

コップには、茶色の液体が入っていて、伯爵の手袋と同じ匂いがした。

「これを、飲めばいいんですか？」

尋ねながら、菫青が人の姿をとる。

「コップを手にもって、匂いを嗅《か》ぎながら呼吸するだけでいいのですよ。本来、ユニコーンは呼吸だけで自然から気を補給できます」

「でも、俺……できるかどうかわかりません」

「できなければ、私がお教えします」

「……師匠は、俺に教えてくれないんですか？」

「ご主人様は、男性ですから。その任にふさわしくないと、おっしゃっておりました」

雨塚は、菫青が伯爵を慕っていると知っている。急に距離をおかれた菫青のとまどいや悲しみが理解できるのか、その声は多分に同情的であった。

「お辛いでしょうが、堪《こら》えてください」

菫青は雨塚を困らせてはいけないと思い、霊薬の入ったコップをおとなしく受け取った。

「……俺、すごく師匠に大事にされてました……。今なら、わかります」

いつでも。どんな時も。空気のように自然な、伯爵の愛に包まれていた。

そのことを思うだけで、菫青の胸が温かくなり、目頭が熱くなる。

一番じゃなくたって、全然、かまわない。だってもう、こんなにたくさん、受け止めきれないほどの愛を注がれていたのだから。

それでいい。と思う。しかし、心の一方は、それでは嫌だと訴える。その声は、とても小さいけれど、確かにそこにあった。

これ以上愛されたいんじゃない。

そうじゃなくて……なんだろう。わかんないや。

コップを口元に持っていき息を吸う。芳香が鼻を掠《かす》め、そして気を感じる。

これ、すごい……。生気とは違う種類の、気の塊だ。自然の力そのもの、みたいな。

豊かな大地、生き生きとした草木、透明な湧水。地の底で脈動する鉱石に、真夏の太陽。涼やかな風と、それを彩る甘やかな花の匂い。

自然のエッセンスを凝縮した気を吸い込むと、体のすみずみまで気が流れてゆく。

「ご主人様より、若君には、この部屋から出ないでほしいとの言付けがございます」

「どうして？」

「本来、若君は成獣になるまで妖精界に住み、心身を養うものなのです。この屋敷は、ご主人様が結界を張り、気の流れを調整することでかなりよい状態でありますが、力に溢れるかの地と、比べものになりません。そして、この屋敷の中で最高の場所が、この寝室。ですので、若君は健やかな生育のため、この部屋からお出になりませぬよう」

「……つまり、ここ以外は邪気が強すぎるってことか………。じゃあ、俺が今まで無事でいられたのは、淫魔だったから？」

「さようでございますね。もし、今の若君がひとりでこの屋敷を出ましたら、あっという間に身が汚れ、気枯れを起こすでしょう」

だから、おとなしくしていてくださいね、と雨塚が瞳で懇願する。

菫青は霊薬から気を吸おうとしたが、生気ほど上手く吸えなかった。

独特の——正直、とても美味しいとは思えない——霊薬を菫青は直接飲んだ。

「えぐみがすごい。師匠って、こんなのを、毎日飲んでるんですね」

「青汁と同じように、慣れると美味しいようですよ」

神妙な顔をする菫青に、雨塚が笑いかける。

雨塚は立ちあがると、クローゼットから真新しい下着——菫青にはサイズが大きすぎたが——と、伯爵のパジャマを持って戻ってきた。

「さあ、こちらにお召し替えを」

「師匠って、パジャマを持ってたんですね。寝る時はバスローブとか素肌にガウンってイメージでした」

「あぁ、それはきっと……ご主人様は若君を誘って……いえ、なんでもありません」

答えかけて、雨塚は口をつぐんだ。意味ありげにクスクス笑いながらクローゼットに戻ってゆく。

「それでは、私はこれで失礼します。そうそう、明日の朝ですが、ご主人様は着替えのためにこちらにいらっしゃいますよ」

伯爵の着替えを手にして雨塚が菫青にウィンクした。

師匠の着替えなら、明日の分も持っていけばいいのに……。そうか、雨塚さんは、わざわざ今晩の分の着替えだけ用意して、明日、師匠がここに来るようにしてくれたんだ。

「あ、ありがとうございます‼」

雨塚がよくできました、というふうにうなずき、扉の向こうに姿を消した。

そうして菫青は、真新しい下着と伯爵のパジャマに袖を通した。

あぁ……師匠の気を、感じる。それに、匂いも。

落ち着く。安心する。師匠のポケットに入った時みたいだ。

掛け布団を頭から被ると、より、ポケット感が増した。

自然と菫青の手が胸元に向かった。大きく開いた襟元から手を差し入れて、胸の突起を指の腹でなでる。

「なんで俺、こんなことしてるんだろう……」

伯爵の匂いに包まれていると、体の芯《しん》が疼《うず》いてしょうがない。伯爵の生気を吸っているわけでもないのに、昂《たか》ぶって、息が熱くなる。

蝙蝠になれば、この熱から解放されるのはわかっていたが、菫青は人の姿をとり続けた。しなやかな体をくねらせながら、湿った息を吐き出し、そして伯爵を想う。

「師匠に……触られたい……。触りたい……」

なめし革のようにすべらかで、張りのある伯爵の胸板を菫青は思い出す。

食餌の時も、寝る時も、いつもあの胸に触れていた。

伯爵の汗の匂い、心臓の音、菫青の背を這《は》う長い指。

それらはみな、菫青の手の届かないところにある。

「このままだと……師匠に手が届かないどころじゃなくなっちゃうんだ。見ることもお喋りもできないくらい、離れ離れになってしまう」

どうしたら、俺は師匠と一緒にいられるんだろう。

一番いいのは、淫魔に戻ること、だけど……。

それができないのはわかっている。時間は、決して戻らない。

「考えなくちゃ。俺が師匠と幸せになれる方法を。俺にはできる。絶対できる。だって俺はできる子なんだから」

根拠はないが、菫青には確信があった。

いや、信じる以外、今の菫青にできることはなかった。

だから、信じることにした。

その晩、伯爵は大忙しであった。

フランスにいる秘書に連絡し、明日の帰国とそのための航空券の手配を命じる。

その後、パリの私邸の人工精霊に国際電話で、女神にユニコーンが見つかったことを知らせるように命じた。

「ユニコーンは、日本で淫魔にされていた。私が元の姿に戻したが、角が黒く染まってしまった。淫魔の影響が残り、蝙蝠と人の姿に変身できる。それ以外にどんな変化があるかは不明だが、それでもどうか、快く受け入れてほしいと伝えてくれ」

電話を終えてひと息つくと、次は、三津丸との別れが待っていた。

『伯爵殿、ゆにこぉんも見つかったことゆえ、それがしも故郷に帰ろうかと思う』

「本当にお世話になりました」

『いやはや、それはそれがしの方よ。大変得がたい経験をいたしました。大神様や故郷のみなへの、よい土産話ができたというもの。では、さらば』

闊達な八咫烏が、あっさり故郷へ帰っていった。

そして、伯爵が菫青用の回復薬を調合していると、増田から宝石売買と山根の件で連絡があった。

結論からいえば、山根は牧師ではなかった。ただし、山根と思われる人物は存在した。

組織に入っているわけでもなく、ひとりで活動しているらしい。

氏名、年齢ともに不明で、謎《なぞ》の多い人物だという。

『一種の天才ですよ。この日本にいて、独学で悪魔を作ってしまうくらいですからね。東京を中心に活動していますが、仕事として請け負っているわけでもなく、プライベートも一切わかりません。ただ、金回りがよいので名家の出身らしいという噂《うわさ》はあります』

悪魔を作るも消すも、自分の気分次第という身勝手さは、確かにある種の特権階級の者にありがちなメンタリティだ。

伯爵は増田の報告にうなずきつつも、どこか釈然とできずにいた。

それから、案の定というべきか、鈴木から商談についての連絡があったという。

「宝石の件は、そうだな……今日から三日後以降にセッティングしてもらいたい」

『そりゃあかまいませんが、どうしてです？』

伯爵が増田に今日の出来事を説明する。そして、明日にはいったん帰国し、日本を再訪できるのは、早くて三日後ということも。

『わかりました。そういうことなら、全面的に協力させていただきます。商談の件では、私のチェックが甘いせいで伯爵にはご迷惑をおかけしましたから』

「確かに、商売にはならなかった。しかし、俺に話が来たからこそ、あの指輪は確実かつ早急にマダムのもとに返る。きっと、すべてはこうなる流れであったのだろう」

本心から伯爵はそう思っている。

そう。人生において、自分に起こるすべての事象は、必然だ。

すべてが自分のためにある。

自分のためになるではなく、ためにある、のだ。

出会いも別れも、喜びも悲しみも。愛も憎しみも。

それに気づいたからこそ、伯爵は不老不死なのだ。

菫青との出会いは、訪れるであろう別れは、どのような意味を持つのか。いや、俺はすべてをよかったこと、うまくいったと受け入れるのだ。

今まで、そうしてきたように。

菫青の回復薬の調合のため、伯爵は夜半過ぎまで起きていたが、翌朝は六時に起床して、着替えのため寝室に向かった。

菫青は人の姿で眠っていた。しかし、一晩ですっかりやつれ、険しい顔をしている。

ケルベロスから多少なりとも本来の気を補充したはずなのに、これほど衰えるとは……。やはりユニコーンにとって、この地は穢土《えど》でしかないのだな。

かわいそうに……。一刻も早く、エポナ様のもとに連れて行かなければ。

菫青の寝姿を伯爵が見つめ続けるうちに、菫青が目を覚ました。

「あ、師匠だ……」

「随分と険しい顔で寝ていましたが、夢見が悪かったのですか？」

「山根に肉体と魂を分離されて、淫魔になった時の夢を見ていました」

「どんな夢ですか？」

「俺の魂に、人間の魂を入れられたんです。五つくらいだったかなぁ……。ご飯がもらえなくて死んじゃったこどもとか、お父さんやお母さんにいっぱい叩かれて死んじゃったこどもとか……、産まれてすぐに殺されちゃった赤ちゃんとか……そういう魂ばっかり」

ユニコーンに対して、なんてことをするのか。

伯爵の表情が険しくなる。

「それで、山根がいったんです。ユニコーンを含めた六つの魂で殺し合いをしろって。全部殺して生き残った魂が悪魔になるから、それを使い魔にする……って」

「……」

「俺が一番強くて、でも、殺すのは嫌だったんです。みんなキラキラが足りないせいで真っ黒だったけど、魂の中心には、小さいけどキラキラがあったんです。でも、それじゃ足りない……もっとキラキラが欲しいって泣いていました。俺はいっぱいキラキラを持っていた。だから、キラキラを分けてあげるから、みんなでひとつの魂になろうって誘ったんです。それでひとつになった俺を見て、『出来損ない』って山根がいいました。強い悪魔ができると思ったのに、淫魔なんてがっかりだって……。師匠も、そう思います？」

「思いません」

なんということだ。俺は、今までとんでもない失言をしていたのか。

そう思うと同時に、伯爵は怖い思いをしたであろうに、悪霊となった五つもの魂をすべて取り込み、共存を選んで実行した菫青の芯の強さに心打たれていた。

だからこその、神獣レベルの精霊なのだ。

その強さが優しさが、なにより伯爵を惹《ひ》きつけた。

伯爵が愛を注ぐのに、これほどふさわしい相手はいなかったのだ。

「でも俺、淫魔としてはポンコツでしたよねぇ……。おかげで師匠にいっぱい生気をもらえて大事にされたから、ポンコツでよかったなぁ……」

蕩《とろ》けるような笑みを浮かべて、ふふふ、と菫青が笑った。

その瞬間、伯爵はどうしようもなく菫青に触れたかった。

抱き締め、髪をなで、口づけて『おまえは正しい』といいたかった。

しかし、拳を強く握り締め、それに耐える。

「あなたの魂は、真に気高い。ポンコツなどといった私の非礼をお許しください」

「……………また、褒められた。嬉し、い…………」

それだけいうと、菫青はほほ笑んだまま、するりと眠ってしまった。

伯爵は、しばらくその場を動けずにいた。

雨塚が来て、着替えをうながされるまで、ただひたすらに愛しい宝石を見つめていた。


半分寝ぼけた菫青は、雨塚にうながされるままに蝙蝠の姿となり、ボール紙の箱に入れられた。

箱の中にはリネンのタオルが敷かれ、四隅に小さな水晶のクラスターが置かれていた。

その真ん中に、ハーブでできた鳥の巣のようなものが置かれている。

「若君には、移動の間、この箱に入っていただきます。水晶で結界を張り、若君の消耗を最小限に抑えるしかけをしておりますので、決して、動かさないでください」

雨塚は水晶が当たらないよう、注意深く菫青を巣に入れた。

次に、機内持ち込み可能な鞄に箱を入れ、箱の周囲にタオルを詰めて固定した。

スーツに身を包み、少し離れた場所にいた伯爵が声をかける。

「若君、息苦しくはないですか？」

「狭くて暗くて、俺にとっては最高です」

ユニコーンになったといっても、菫青には淫魔の特性が色濃く残っていた。

蝙蝠や人になるし、暗いのも狭いのも大好きで、髪もセピア色なのがその証《あかし》だ。

完全なユニコーンだったら、角も白くて、髪もプラチナブロンドになるのだろうか？

いや、ユニコーンは人の姿をとらないから、考えるだけ意味のないことだ。

菫青は、箱に入るとすぐに眠ってしまった。菫青を入れた鞄を大事に抱え、伯爵は屋敷を出た。

これから自動車で羽田に行き、パリ行きの直行便に搭乗する。何事もなければ現地時間の十七時にはパリの私邸に到着するので、小休止をとって女神のもとへ霊体を飛ばす。

菫青といられるのも、あと半日ほどか。

もう少しごねたり泣いたりするかと思っていたが、今のところは静かなものだな。

伯爵は、少し拍子抜けしたような、ほっとしたような複雑な気分でいた。

ごねれば抱き締めて髪をなでたくなるし、泣けば口づけして慰めたくなる。

時間ギリギリまで菫青を甘やかしておくという手もあったが、触れれば別れがより辛くなる。だから、伯爵は昨晩の時点でそれを禁じ手としたのだ。

だが、こうなってみると、辛いのは俺だけのようだな。

そっと箱の蓋をなでながら、伯爵が内心で自嘲《じちょう》する。

違う、こいつは真の意味で別れの経験を、まだしていない。だからわからないのだ。

二度と会えないということの意味を、まだ知らない。

箱の中を霊視すれば、げっそりとやつれた菫青が見えた。ユニコーンに戻り、たった一晩でこれほど消耗するとは、伯爵の予想以上だった。

体が辛すぎて、一刻も早く故郷に戻って楽になりたいのかもしれんな……。

せめて、悪夢を見ないようにと、伯爵は移動の間中、癒しの気を送り続けた。

約十三時間のフライトの後、シャルル・ド・ゴール国際空港に着いた。

空港には秘書が車で迎えに来ていて、そのままパリ十六区の屋敷へ移動する。

伯爵の寝室に連れてこられ、箱ごと天蓋《てんがい》付きのベッドに置かれた途端、蝙蝠姿の菫青がくんくんと空気の匂いを嗅ぐ。

「こんなに都会なのに、近くに森がありますね。木の匂いがします」

伯爵は人工精霊のメイド――ブランシュという名のフランス、モンブラン産の水晶だ――に着替えを手伝わせながら、菫青に話しかける。

「若君が、思ったより元気そうでよかった。てっきり私は、故郷に帰りたくないと駄々をこねると思っていました」

「俺が故郷に帰らないと、師匠……じゃなくて、伯爵が約束を破ったことになっちゃいます。約束は、守らないといけないんですよね？」

真面目な顔で菫青が答える。

あぁ、そういうことか。菫青は、俺の立場を慮《おもんぱか》っていたわけか。

箱から顔をのぞかせる菫青に、伯爵がよくできましたとほほ笑みかける。

「その通りです。若君はユニコーンに戻ったら、道理をわきまえられるようになりましたね。これなら、故郷に帰っても問題ないでしょう」

「俺も、ユニコーンになってから伯爵に褒められることが増えて、嬉しいです」

「そんなに喜ばれるなら、淫魔の頃に、もっと褒めればよかったですね」

今朝《けさ》の菫青との会話――山根に出来損ないといわれたこと――を思い出し、伯爵が感傷的な気分で応じる。

「でも俺、褒められる要素は、ひとっつも、ありませんでしたから。伯爵が褒めたくても褒めるとこなかったんじゃないですか？」

伯爵のセンチメンタルな気分を、一撃で菫青がぶち壊した。

こいつは、最後くらい、感傷的になるということがないのだろうか。

もうじき、別れの時が迫っているというのに、菫青は図太いほどいつも通りだ。

菫青が箱をよじ登り、ぽてりと頭からベッドに落ちる。

両手で頭を押さえていたかと思うと、ぐんと背伸びをして、ベッドカバーに大の字にな

「好き勝手ふるまって……よそのお宅を訪問しているという自覚がまったくないな」

って横たわった。

そうつぶやきながらも、伯爵の菫青に向けるまなざしは優しい。

どうせなら、最後は人の姿をとってほしいが、見れば未練が残りそうだ。

伯爵にとって、菫青は菫青というだけで、どの姿でも愛おしい。とはいえ、人の姿の時は、あの、アイオライトの瞳が見られる。伯爵をひとめで魅了した青紫が。

用事を終えてメイドが寝室を去った。

伯爵はひとりがけの椅子に腰をかけ、目を閉じて息を整え、肉体から霊体を出した。

「そろそろ、迎えが来ます。若君の心の準備はできていますか？」

「ばっちりですよ！　俺、ユニコーンに戻りますか？」

「いえ、そのままの姿でいいでしょう」

伯爵が答えると同時に、窓が開いて、光の玉が寝室に入ってきた。

光の玉がペガサスに姿を変えて、菫青は驚きに声をあげる。

『お迎えにあがりました』

「ご足労いただきまして、ありがとうございます。そちらの蝙蝠が若君です」

ペガサスは、あらかじめ菫青のことを聞いていたのか、さほど驚いた様子もなく蝙蝠にその背に乗るよううながした。

「よろしくお願いします！」

菫青が背に乗って元気に挨拶《あいさつ》すると、伯爵が無言で傍らに立つ。

パリ十六区の屋敷から、見渡せばうっそうと茂る木々が並び立つ聖地に、伯爵と菫青、そして天馬が一瞬で移動していた。

「すごい！　霊体だと、こんなにすぐ移動できるんですね」

「意識のみの存在ですから、移動は瞬時に行われます。ただし、この先は女神の神域ですので、徒歩で行くことになります」

まず、先にペガサスが行き女神の結界を越え、伯爵が続いた。

見えない壁を通り抜けると、そこはもう妖精界であった。

木が土が空が、輪郭をくっきりとさせる。すべての生命が息吹を放ち、石ですら歌っているかのように瑞々《みずみず》しい。

菫青は落ち着かなげに周囲を見回し、そして、おもむろに天馬の背から降りて、ユニコーンの姿に戻った。

沈みかけた夕陽の、最後の残照が白馬を赤く染める。

伯爵がユニコーンを見つめる間に、蠟燭《ろうそく》の炎を消すように、あたりが暗くなった。

ユニコーンの体がほのかに光り、真珠の光沢のような七色の輝きが馬体に浮かびあがる。

まさに生きた宝石。なんという美しさだ。

「やはり、若君は美しい。このように間近でユニコーンを見られたことは、私にとっても得がたい経験です」

「日本にいた時よりも、綺麗ですか？　俺は俺だしそんなに変わらないと思いますけど」

「そうですね……あの時は、じっくり見ている余裕がありませんでした。それに、ここに来たことで、若君も本来の力を戻しつつあるのではないですか？」

「呼吸をするのも楽だし眠くならないし、全身に力がみなぎってウズウズします」

その言葉を示すように、菫青が飛び跳ねながらペガサスの先を行く。

こんなに生き生きとした菫青を見たのは、初めてのことだ。

やはり、菫青はここにいるのが、一番の幸せなのだ。

一行が森の奥の泉に着いた。泉にはすでに女神と仲間のユニコーンたちがいて、揃って菫青を出迎えた。

伯爵が、女神に向かいボウアンドスクレイプでお辞儀をする。

「麗しき泉の女神にして、すべての馬の守護者である高貴なる御方、おひさしぶりでございます」

女神――光輝く人型の女性だ――は、深くうなずき返した。

『ひさしいというほど時は経っておらぬ。このわずかな時間に、よくぞわが仔を取り戻してくれました。さぁ、わが仔よ、こちらへ。そなたの帰りを、みな、どれほど心待ちにしていたことか』

女神が両手を菫青に向かって差し伸べる。しかし、菫青はその場に縫いつけられたように動かない。

空気を読んで、伯爵が菫青に声をかける。

「若君、さぁ、あちらへ。遠慮することはございません。みな、あなたの帰りを待っていたのですから」

ペガサスが菫青の尻《しり》を鼻づらでそっと押す。それでも、菫青は動かずにいた。

『どうしましたか、わが愛し仔よ』

女神がいぶかしそうに尋ねると、思い切ったように菫青が口を開いた。

「女神様、これで伯爵は約束を守ったことに、なりましたか？」

『もちろん。ここに、こうしてそなたを連れてきてくれたのですから』

「だったら……あの……ひとつ、お願いをしていいですか？　伯爵は、日本で消えそうだった俺を助けてくれました。だから俺から、伯爵にお礼がしたいんです」

仔馬《こども》らしいまっすぐさで、菫青が懸命に訴える。そんな菫青に女神が微笑を向けた。

『そのようなこと、まだ幼いそなたが気にすることではない。伯爵には、我より礼の品を用意している』

女神の言葉と同時に、水の妖精が大人の親指ほどの淡水真珠を持ってやってきた。

養殖の淡水真珠が出回ることで、天然の淡水真珠の市場価値は下がった。とはいえ特有の厚い真珠層と、そこに浮かぶ七色の光沢は、天然にしかない美しさだ。

そして、伯爵は淡水真珠を値段だけではなく、それが内包するエネルギーを含めた真の価値を理解できる、数少ない人間であった。

これは……なんと素晴らしい。この大きさだけでも稀だというのに、この淡水真珠には、女神の力が膨大に込められている。

『これを持つものは、人生という旅路において、我の加護をとこしえに得られるであろう。伯爵よ、礼の品として、満足してもらえたであろうか』

「もちろんでございます」

恭しく伯爵が本心から応じた。

菫青が、真珠と自分を交互に見て、最後にすがるようなまなざしを伯爵に向けた。

「俺より、その真珠の方がいいですか？」

「……何をおっしゃっているのか、わかりません。若君はこの世界の至宝。どのような宝石であれ、若君より価値のあるものなど、この世にありません」

多少のリップサービスも交えつつ、伯爵がその場にふさわしい答えをする。

「だったら、真珠より俺が欲しいといってください。俺が、俺を師匠へのお礼にします」

そう叫ぶと、菫青がユニコーンから人の姿に変わり、伯爵に抱きついた。

伯爵に拒む暇《いとま》を与えない、一瞬の早業であった。

麗しいアイオライトの瞳が、一途《いちず》に伯爵を見つめている。

伯爵は女神の手前、菫青を抱き返すこともできず、さりとて突き飛ばすこともできず、両手を宙に浮かせるしかない。

まさか、こいつが今朝からずっとおとなしかったのは、自分を礼の品にすれば、これからも俺と一緒にいられると考えていたからなのか？

あまりにも稚拙な解決法に、伯爵は心底呆れると同時に、深く菫青を愛しく思った。

「若君、そのようなことを女神が許すはずがありません。やっと見つけた若君を私への礼として手放すなど、元の木阿弥《もくあみ》になってしまいます」

伯爵の指摘に、菫青が目を見開いた。

どうやら、その可能性に気づいてなかったようだ。

『伯爵、これはいったい、どういうことです？　なぜ、わが仔がそなたを師匠と呼び、礼として自らを差し出せなどというのか、その事情を説明いたせ』

ユニコーンが自ら成人男性に抱きつくなど、女神にとって異常事態だ。

驚きととまどい、そして伯爵に対する疑念が、その声音に含まれている。

女神を怒らせるのは、非常にまずい。とにかく、この場を収拾しなくては。

「若君が淫魔だった際、私の不明によりユニコーンと見抜けず、一度は私の使い魔としました。師匠と呼ぶのはその名残。しかし、すでに契約は解除しています」

「師匠が一方的に解除しただけで、俺は納得してない!!　俺は、心の中ではまだ師匠の使い魔だ！　師匠が大好きなんだ。絶対、絶対離れない」

駄々をこねるこどものように言い募ると、菫青がその場で伯爵に口づけた。

淫魔の名残を留《とど》める赤い唇が、柔らかに伯爵の唇に覆い被さった。

さすがに、この状況なら、菫青を突き飛ばす——触れる——のも、女神は咎めないか。

だが、そんなことをすれば、菫青は深く傷つく。

腹を、くくるしかない。

一瞬で覚悟を決めると、伯爵は菫青の腰に腕を回した。

拙《つたな》く唇を舐める舌を、己の舌で絡め取り、深い口づけをする。

「んっ。……っ……」

正真正銘、本気の伯爵の口づけを受けて、がくがくと菫青の膝が笑い出す。

これしきのことで、腰が抜けたか。まったくしょうがない。

下に落ちそうになる体をしっかり抱きながら、伯爵が歯列をなぞり、唾液を注ぎ、菫青の体が火照《ほて》ったところで口づけを終える。

一度のキスで腰砕けになった菫青を抱きながら、伯爵が囁く。

「この馬鹿者が。なぜこんなことをした」

「だって、こうでもしなきゃ、師匠と離れ離れになっちゃいます」

「その前に、俺だけおまえの仲間に串刺しにされそうだ。見てみろ、あの目を」

一番年下の赤子に等しい弟が、よりにもよって人間の男と熱烈な口づけをかわす場面を見せられて、六頭いるユニコーンはみな、気色ばんでいた。

どうやって弟をたぶらかした、と爛々《らんらん》と光る瞳で伯爵を睨みつける。

ユニコーンがブラコンだったとは。しかもかなり強烈な。

個体数が少ないから仲間意識が強いのだろうが、それにしたって、まるで娘の恋人を睨みつける父親のようだな。

「申し訳ございません。淫魔の時は、このような形で生気を与えておりました。若君はいまだ淫魔の部分を残しております。その名残が、このような行為に及ばせたのでしょう」

女神に嘘をついても通用しない。ただ、真実を告げる以外の道はないのだ。

『……わが幼仔にこのような方法で生気を与えていたと？』

「その時は、師匠は俺がユニコーンって知りませんでした。わかった後はキスは一度もしてな……くないですね。どうして車の中で、俺にキスしたんですか？」

フォローのつもりで菫青が口を出したのだろうが、伯爵の墓穴を掘る結果となった。

女神が放つ怒りのエネルギーが、一瞬で焔のように周囲に広がる。

ユニコーンの中でも年若い一頭が伯爵に向けて突撃の態勢をとると、前脚で地面を蹴りはじめた。

まったく、こいつときたら……俺を窮地に蹴り落とすしかできないのか。

『伯爵、ユニコーンにそのような行為をするは禁忌だと、そなたも承知しているはず。なぜそのようなふるまいをした』

叱咤《しった》の声が雷鳴のように空気を震わせる。

女神の炎に周囲を囲まれながら、伯爵は臆《おく》することなく本心を語る。

「愛してしまったからです。最後に、生気を与えるためではない口づけをしました。己の未練を切り捨てるために。決して、女神を裏切るつもりはありません。もしあなた様を裏切るつもりであったなら、若君をこの地に連れ帰ることはなかったでしょう」

『そなたが愛のためにそのような真似《まね》をしたと？』

「愛の前にすべては盲目となります。……私も、まだ、人でありますから」

殊勝な言葉に、やや女神の気勢が弱まる。

そこへ、菫青がここぞとばかりに訴える。

「ごめんなさい、女神様。俺も、師匠のことが大好きです。師匠は淫魔の俺もユニコーンの俺も、同じくらいに大事にしてくれました。キラキラをいっぱいくれたんです。だからお願いします。俺を、師匠と一緒にいさせてください」

『愛し仔よ、それほどまでに、伯爵に慈しまれたか』

伯爵には怒りを向けても、女神はかわいい末仔にはすこぶる甘やかな声で応じる。

「はい。すごく。世界で一番ってくらい大事にされました。だから……俺を伯爵と一緒にいさせてください」

『もうよい。わかった。伯爵には感謝の証として、罰は与えないでおこう。ユニコーンに手を出した罪は不問にし、この場を去ることを許す』

これが、おそらく最大限の女神の譲歩だろう。伯爵はそう判断する。

首の皮一枚で俺は助かったが……菫青は納得するだろうか。

菫青は自分の願いをなかったことのように無視されて、呆然としていた。

「わかっただろう。女神は、本当におまえを愛しているし、手元に置くと決めている。たとえ人の男と口づけしたユニコーンであっても、まったく気にしないほどおまえを愛している。だから、もう、観念しろ。この地で仲間とともに過ごすのだ」

伯爵が菫青の耳元で囁いて肩を叩く。しかし、菫青は目を見開いたままだ。

その場に棒立ちになりながら、菫青がつぶやいた。

「そうしたら、俺はどうしたらいいんですか？　せっかく、穴を作ったのに」

「穴？　おまえが作れる穴など、俺の墓穴くらいだろうが」

「そうじゃなくって、お尻の穴です！」

癇癪《かんしゃく》をおこしたこどものように、菫青が声を張りあげる。

この場に最大限にふさわしくない単語が飛び出して、周囲がシンと静まり返った。

伯爵も女神もユニコーンたちも、驚きの目を菫青に向けた。

みなの視線を一身に浴びながら、菫青はなおも大声でわめく。

「師匠が俺に肛門がないことをすごく気にしてたから、俺、師匠を喜ばせたくて、お尻に穴を作ったんです！　師匠のでかいのも入るくらいの穴を!!」

こんなところで男性器のサイズを暴露され、伯爵が言葉を失う。

こいつは、いったい、何をいってるんだ？

予想の斜め上を行く行動に、伯爵は愕然《がくぜん》として菫青を見やる。

「本当は師匠に突っ込みたいのを我慢して、穴を作って、いっぱい師匠の精液をもらおうと思ったのに……。いっぱい、いっぱい、キスもセックスもできると思ったのに!!」

淫魔の本領発揮とばかりに、菫青がエロ願望をてらいなく口にする。

「なのに……なのに、どうして……。俺、昨日は寝ないで頑張ったのに。もう、淫魔でもユニコーンでもない、師匠の性欲処理の専用穴として生きていく覚悟を決めたのに。愛欲にまみれた爛《ただ》れた日々が来ないなんて、あんまりすぎます!!」

聖なる森に菫青の下品な絶叫が響き渡る。

もう誰も、ユニコーンの赤仔の暴走を止められなかった。

いや、止める気が起こらなかったのかもしれない。

菫青の言動が、あまりにも、願望に忠実すぎて。そして、一途すぎて。

いち早く我に返ったのは、菫青の暴走に耐性のあった伯爵だった。

「随分やつれていたと思ったら……そんなことに力を使っていたのか」

失望に半泣きになった菫青の頭を抱き、優しく髪をなでる。

「そんなことじゃないです。俺にとっては、一番、大事なことです」

「穴まで作られたら、女神を敵に回してでもおまえを連れ帰る以外なくなったな」

「師匠！」

連れ帰るという言葉の威力は絶大で、半泣きの菫青が、一瞬で笑顔になった。

ぴょんとその場で飛び跳ねると、そのまま伯爵に抱きついた。

「喜ぶのは、まだ早い。ここは女神の聖地で、おまけにあちらにはユニコーンが六頭もいる。俺は実力の半分も出せない霊体の状態で、おまえを庇いながらでは、逃げることさえ困難なんだからな」

キスしようとする菫青の口を手で塞《ふさ》ぎながら、伯爵が女神たちの出方をうかがう。

誰が見ても菫青が暴走し、それに伯爵が引きずられている状態だった。

ふたりの関係はずっとこうだったと——他でもない菫青が伯爵と愛欲にまみれた爛れた日々を渇望していることが——嫌でも察せられるような。

女神の周囲で燃えていた怒りの炎が、急速に勢いを弱め、完全に消えた。

『……これほどまでに、わが幼仔が愚かで……いえ、一途であったとは』

呆れたというより、諦めた、という女神の口調だった。

『そのように人の男に抱かれたいと望むユニコーンはこの地においては調和を乱す元。わが仔よ、そなたはこの地を去り、そなたの望む場所に行くがいい』

「それは、つまり、これからずっと、俺は師匠と一緒にいていいってことですね！」

女神の意図を理解すると、菫青はユニコーンの姿に戻り、女神のもとへ駆け寄った。

「ありがとう！　女神様」

純白の、しかし角だけが黒いユニコーンに、女神が腕を差し伸べ、抱き締めた。

『我は、そなたとともに過ごしたい。その想いは、今も同じです』

「わかってます。だって今、女神様からキラキラがいっぱい注がれていますから」

『それでも、伯爵のもとに行きますか？』

「はい。俺、女神様や仲間に会えなくなったら寂しいと思うんですけど、師匠と会えなくなったら、きっと泣きすぎて消えちゃいます。それくらい……師匠が大好きです。だから、ごめんなさい。それと、俺を愛してくれて、ありがとうございます」

伯爵に教わった通り、ありがとうという菫青の周囲にユニコーンたちが集まる。とてつもなく愚かで、けれども自分に正直な末弟に、兄たちが愛しげに鼻づらを押しつける。

光――愛――に溢れたその光景は美しく、まるで、一幅の絵画のようであった。

「兄さんたちも、ありがとう。俺も、あなたたちが大好きです。絶対に近いうちに里帰りします。……えと、俺が師匠とセックスしちゃった後でもよければ、ですけど」

今晩は性交だ！　と宣言する菫青の言葉が、感動的な雰囲気をぶち壊し、再びユニコーンたちが伯爵に剣呑なまなざしを向ける。

伯爵は、黙って嫉妬の視線を受け止める。

正直にいえば、ユニコーンたちの気持ちがわからないでもない。

待望の末っ仔を、よりにもよって人間の男に横取りされ、おまけに今晩汚されるのだ。本音をいえば、俺を殺してでもセックスを阻止したいだろう。

しかし、伯爵は彼らの感情を理解はしても、譲る気は一切ない。

あれは、俺だけのものだ。

女神が菫青から腕を離し、兄たちに場を譲った。そして、伯爵に近づいてくる。

『もしや、わが末仔は、そなたにかなり迷惑をかけたのではないか』

「ご想像にお任せします。……しかし、その迷惑も楽しいものでした。淫魔でありながらも邪気はなく、ただ、健気で純粋でした」

『わが仔を、そなたが慈しんでくれたことに、感謝します』

伯爵の返答で、だいたいの事情を察したのであろう、女神が改まって礼をする。

『末仔よ、こちらへ。……そなたに贈り物を、新たな精霊となったそなたにふさわしい名

を授けましょう』

「名前？　でも俺、師匠からもらった名前がありますよ」

兄たちの輪から抜け出た菫青が小首を傾げる。

「若君、女神から名を授かるのは大変な名誉です。そして、女神の加護を授かることでもあります。ありがたく、名をいただきましょう」

「じゃあ……お願いします」

伯爵の口添えに、菫青が気乗り薄げに従った。

怖いもの知らずの菫青に、伯爵が内心でひやひやする。

女神が手を伸ばし、そして黒い角に指で触れた。

さて、エポナ様はどんな名前をつけるのか。俺ならば、暴走機関車、無謀、またはタロットの愚者《フール》と名づけるところだが。

伯爵が女神の言葉を待つ。

『そなたは、いついかなる時も、どんな苦難に遭っても心の舵《かじ》を握って離さなかった。旅人を守護する宝石……アイオライトこそが、その名にふさわしい』

おごそかに女神が告げ、菫青がその場でぴょんと飛びあがる。

「師匠が俺にくれた名前、アイオライトって石からとって、菫青っていうんです。すごい偶然だ！　女神様、素敵な名前をありがとうございます!!」

『さすがは伯爵です。末仔の本質をよくぞ見極めたものよ』

欣《きん》喜《き》雀《じゃく》躍《やく》する菫青を愛しげに、そして寂しげに女神が見つめる。

しかし、伯爵にはわかっていた。

女神はすべてを知っていて、その上で菫青が気に入る名を与えたことに。

「エポナ様、ありがとうございます」

『末仔には、今後も苦労をかけられるであろう。こちらの方こそ、末仔を頼みます。あの仔は、確かに無謀なところがあるゆえ』

「だからこそ、一瞬たりとも目が離せません。心配で……愛しくてならない」

菫青はひとしきり大喜びすると、ふいに蝙蝠に姿をかえた。そうして、一直線に伯爵の胸元めがけて飛んでくる。

尻をふりふり襟からシャツの中にもぐり込むと、ボタンの隙間から顔を出した。

「それじゃあ、名前ももらったし帰ります。俺はこれから、師匠とお楽しみですから」

自由な――溺愛された末っ子そのものの――行動に、伯爵が天を仰ぎたくなった。

女神に対してこんな言動をとる命知らずは、この世でこいつくらいのものだ。

「また遊びに来ます」

『末仔よ、いつでも帰っておいで。みな、そなたの帰りを心待ちにしている』

最後に女神に頭をなでられ、菫青がご機嫌な顔をする。

さて、そろそろこの喜劇を終わらせる頃合いか。

幕引きくらいは美しくありたいものだ。

「それでは、失礼いたします。また改めて、ご挨拶にお伺いします」

伯爵が胸に菫青を抱えながら、優雅にボウアンドスクレイプでお辞儀する。

「行くぞ」

しっかりと菫青を抱えながら、伯爵はパリの私邸に霊体を飛ばしたのだった。


待ちに待った初夜が訪れた。

菫青はどきどきしながらベッドに横たわり、伯爵がシャワーを浴びて戻ってくるのを待っている。

「よかった。本当によかった。一時はどうなるかと思ったけど、本当によかった」

羽毛の上掛けを握り締めながら、菫青がにやけ顔でひとりごちる。

「何がよかっただ。こっちはそれどころではなかったのだからな」

シャワーを浴びた伯爵が、バスローブ姿でバスルームから出てきた。

襟からのぞく上気した胸元が、菫青にはたまらなくセクシーだった。

「どれ、俺専用の性欲処理穴だったか？　見せてみろ」

伯爵がベッドに座り、上掛けをはぐ。菫青はいわれた通りに股《また》を開いた。

菫青の努力により、滑らかな皮膚に覆われていた場所には、今では縦長の肛門状の穴が開いている。伯爵がすぼまりに触れ、おもむろに指を挿《い》れた。

「……肛門というより膣《ちつ》に近い感触だな」

「だって俺、肛門ってよくわからないから。女性器の方は知識がありますけど」

「まあいいさ。どんな穴でも、穴は穴。挿れられれば、なんでもいい」

できたての穴を指でかき回しながら、伯爵が身も蓋もない発言をする。

「その発言は……。女性が聞いたら、どん引きですよ。もてませんよ」

眉を寄せる菫青に伯爵がのしかかる。そして、耳元に唇を寄せ、甘い声で囁いた。

「俺がいいたいのは、おまえの穴ならば、どんな穴でも最高だ、という意味だ」

「…………！」

突然の愛の囁きに、菫青の顔が真っ赤になった。

師匠って、本当、ずるい。いきなり俺が嬉しくなる言葉をいうんだから！

伯爵が菫青の手を取ると、己の股間《こかん》に導いた。伯爵のソレは、すでに熱くて硬かった。おまけに、以前、尻尾で触った時より、一回り大きい。

「大きい……太い……」

驚きながらも菫青が、恐る恐る陰茎の表面をなでる。

「今から挿れる」

「いきなりですね。師匠、どうしちゃったんですか？」

「俺は、この二日間で三時間しか寝ていない。おまけに昨日は山根とやりあって、その後はおまえの回復薬を作り、仮眠をとった後は、飛行機で長時間移動。その間も、おまえが弱らないように、ずっと気を送っていた。その上で、女神との衝突寸前のやりとり。明日になったら日本にトンボ帰りして指輪を取り戻す交渉が待っている。つまり、かなり余裕がない」

伯爵の目が据わっている。水色の瞳にいつもの理性はなく、欲望の光だけがあった。

「おまえの具合を、早く確かめたい」

そういうと、おもむろに伯爵が切っ先をそこに当てた。

先端はすでに先走りで濡《ぬ》れていた。唾液より強い生気を含んだ体液が触れて、そこが歓喜に疼いた。

「んっ！」

「俺の体液に反応するか。思ったより、淫魔の性質は残っているようだな」

嬉しそうにいうと、伯爵が菫青の胸の突起に音をたててキスをした。

「あ……っ」

食餌中にいじられまくったそこは、伯爵に触れられると、即座に快感を覚えるようになっている。菫青の下肢から力が抜けると、伯爵が亀頭を穴にねじ込んだ。

裂かれる痛みに、菫青が思わず手を握る。

「穴が狭い。これでは、先端さえ入らない。イメージしろ。この穴はもっと広がると」

「もっと、広がる……？」

「そう思えば、広がる。それが霊体から成る生物の特質だからな」

伯爵が菫青の手を握り、耳元で囁く。

「コレを全部挿れた時の快感を想像してみろ。先走りではなく、精液を直接中で感じるんだ。どれほどの快楽だろうな」

菫青の認識を書き換えるように、伯爵が言葉を重ね、紡いでゆく。

そして伯爵の呪《しゅ》に応え、菫青の肉が一瞬で形をかえた。

大きく開いたソコが、するりと亀頭を呑み込む。

熱い……大きい、すごい……。まだ、気持ちよくはないけど……なんか、いい。

伯爵の男性器に触れた部分が、熱せられて柔らかくなってゆく。

「その調子だ。上手にできたじゃないか」

ご褒美だというように、伯爵が今度は唇にキスをする。ついばむような口づけが嬉しくて、菫青の胸がほわんと温かくなる。

キスっていいな。なんていうか……師匠の愛を、一度に感じられる。性愛でもあるし食餌でもあって……。そう、俺は愛を食べて生きている。そういう感じがするんだ。

「師匠……」

左手を伯爵の背中に回し、体を密着させる。

全身で愛する人を感じると、それだけで泣きたくなるくらい、幸せだった。

伯爵の陰茎がゆるゆると奥へと進む。菫青の作った穴はまだ細く、先端を感じては従順に開き、逞《たくま》しい肉棒を呑み込んでいった。

そして、楔《くさび》が動きを止める。

「全部、入りました？」

「あと三分の一くらい残っている。もっと奥まで、イメージできるか？」

伯爵が菫青の手を握る手に力を込めた。

うなずき返すと、ここだというふうに伯爵が軽く奥を突く。

「あっ……っ」

透明の雫《しずく》が肉壁に押しつけられ、そこが熱くなる。熱くなることで、意識を集中しやすくなって、もっと奥へと誘うように肉が退く。

「あぁ……そうだ。上手にできたな」

菫青の耳元で、伯爵が甘く囁く。

よかった。俺の穴、師匠に気に入ってもらえたみたいだ。

本当は、俺が師匠に挿れる方がいいけど、この方が喜んでもらえる。

俺は、師匠の喜ぶ顔が、一番、見たい。

「師匠、大好き。世界で一番大好きです」

「あぁ。俺のことを好いてくれて、ありがとう」

しっかりと抱きつく菫青を、伯爵が愛しげに抱き返す。

伯爵はずっと握っていた菫青の手を離して、己の肩に置いた。

「動くから、しっかり摑まってろよ」

「は、はい」

柔らかな肉に包まれて、伯爵の男根はすっかり張りつめている。

ゆっくり腰を引いて奥まで突く。

菫青の具合を確かめるように、二度、三度と同じ動きをくり返した。

「すまん。先にイく」

伯爵はそういうと同時に菫青の腰を摑み、激しく抜き差しをはじめた。

「えっ。あ、あぁっ」

ガクガクと前後に体が揺さぶられる。

肉と肉が擦れ、リズミカルに奥まで楔を突き立てられた。

最初は、師匠の勢いにびっくりしたけど、そんなに気持ちよくないなぁ。

思ってたより痛くないからいいけど。これなら、キスをいっぱいする方がいい。だけど、師匠がすごく気持ちよさそうだから、これはこれでいいか。

菫青がそんなことを考えていた、その時だった。

ひときわ強く、深く、楔が穿《うが》たれたかと思うと、次の瞬間、熱い飛沫《ひまつ》が内奥に放たれた。

「――っ」

菫青が青紫の瞳を見開く。

熱い。熱くて痺《しび》れて、痛い。……違う、俺の中が熱くて溶けてる。

「あ、あぁあああ……っ」

精液に込められた膨大なエネルギーを受け止める衝撃に、菫青の体がのけぞった。

びくびくと震える菫青の穴から、伯爵が陰茎を抜いた。

その動きで穴全体に精液がゆき渡り、菫青の肉壁が貪《むさぼ》るように白濁を吸い込む。

なんだこれ、なんだこれ、なんなんだ？

師匠の精液を吸った途端、体が熱くなって……穴がじわじわして、びくびく震えてる。

伯爵がベッドからおりバスローブを脱ぐ。全裸になり、改めて菫青にのしかかった。

「どうだった、俺の味は？　これでおまえも調子が出てきたんじゃないか」

菫青の体に起こっていることを、すべて承知しているかのように、伯爵が余裕たっぷりの目で菫青を見おろした。

今、菫青の下腹は波打ち、肉筒が痙攣《けいれん》している。

一気に股間に熱が集まって茎がそり返り、先端は先走りで濡れていた。

「中が熱くてたまらないだろう？　熱く蕩けて、敏感になっている。そこを擦られたら、どうなると思う？」

「どうって……」

そんなの、わからない。もっとここが熱くなって……どうなっちゃうんだろう？

「わからないか。ならば、自分で確かめるといい」

荒い呼吸をくり返しながら、菫青が伯爵を見た。

師匠、裸だ……。そういえば、師匠の全裸ってちゃんと見るのは初めてだ。

広い肩、絶妙なラインを描く厚い胸板。綺麗に割れた腹筋に、その下に息づく男性器は、半ば勃起《ぼっき》していた。金色の陰毛に彩られた楔に、菫青の目が釘《くぎ》づけになる。

大きい……太い……。これが、さっきまで、俺の穴をいっぱいに埋めてたんだ……。

思い出すだけで、菫青の喉が鳴る。潤んだ瞳で伯爵の股間を凝視する。

「これが欲しいんだな？」

問いに菫青が楔に手を伸ばす。

ベッドに両膝をつき、逞しい竿《さお》を両手で捧げ持ち、先端に口づけした。

尿道口に残った精液を吸いあげると伯爵が小さく声をあげ、菫青の手の中で陰茎が硬くなった。

苦い、痺れる。でも……美味しい。唾液の十倍くらい、生気が入ってて……口の中が……喉も……熱い……。

伯爵の精液は、媚薬《びやく》のように菫青を昂ぶらせる。菫青の股間で茎が揺らめき、先端からたらたらと透明の蜜《みつ》が溢れた。

イきたい……でも、舐めたい。

射精の予感に尻を左右にふりながら、菫青が茎に頬ずりし、根元から先端に向かって舐めあげる。

「さすがは元淫魔だな。初めてのわりに、どうすれば男が喜ぶか、よくわかっている」

股間にむしゃぶりつく菫青の背中に伯爵が手を置き、肩甲骨に沿って指をすべらせた。指先が背筋に至ると、触れるか触れないかというタッチでなでおろす。

すっかり熱くなった菫青の口腔《こうこう》に先端が包まれると、気持ちよさげに幹が育った。

「さて、そろそろ挿れようか。おまえは、どの体位がいい？」

「ん……なんでも……なんでもいいから、早く欲しい、です……」

答える間も、菫青は男根を舐め、指を這わせていた。

「わかった。では、俺と向き合った体勢で、そのまま腰を落として入れてみろ」

「対面座位、ですね」

得意げに答えた菫青の顎を、伯爵の指がなでる。菫青が立ちあがり、あぐらをかいた伯爵の肩に両手をのせた。

あぁ……また、挿れられる。あれで、中がいっぱいになるんだ……。

期待に菫青の筒がびくびくと震え、真っ赤に充血した先端からたらたらと蜜がこぼれる。猛《たけ》った楔を手で支え、そろそろと菫青が腰を落とす。赤らんだすぼまりに亀頭が触れると、それだけで、ぞくぞくと体が震えた。

「あぁ……。はぁ……っ」

ゆっくりと腰を落とすと、受け口が広がった。もうそれだけで気持ちよく、菫青の背がしなる。

たった一回、中で出されただけで、菫青は完全にかわっていた。

性交を――挿入を――喜ぶ肉体へと変化していた。

菫青は腰を落とし、先端を完全に咥《くわ》え込む。そこさえ入ってしまえば、後は簡単だった。

蕩けた内壁が灼熱《しゃくねつ》の棒をどんどん呑み込んでゆく。粘膜から伯爵の熱が伝わって、完全に楔を呑み込んだ瞬間、菫青は精を放っていた。

「っ。んん……っ」

白濁を吐き出しながら、菫青の肉筒が収縮し、男根を締めあげる。

「挿れただけでイったのか。随分と感じやすいな」

「だって……熱くて、気持ちいいから……」

潤んだ瞳で頬を赤らめ、菫青が身を捩《よじ》る。腰をひねると中で伯爵が当たって、それだけでじわりと快感が広がった。

「っ……っ」

熱い息を吐くと、伯爵が菫青のウエストに左手を添えた。右手を菫青の太腿《ふともも》に置き、鼠《そ》径部《けいぶ》までなでるように移動させる。それから、平らな部分を経て結合部へと指が至った。

白く長い指が、襞《ひだ》をなでる。敏感な部分への刺激で、一度散った熱が再び股間に集まってゆく。

伯爵が菫青を抱き寄せ、頬と頬が重なるほど近くに顔を寄せた。

「いいか。これが俺だ。覚えるんだ。長さ、形、熱、そして挿れた時の感触を」

「はい」

こっくりと菫青がうなずくと、伯爵が耳たぶを噛み、耳殻に舌を這わせる。湿った肉の愛撫《あいぶ》に、菫青の下腹部が切なく疼き、肉襞が楔を締めつける。

「そのまま、動いてみろ。……そう、いい腰遣いだ」

「んっ。あ、……中で師匠が大きく……あ、熱い。いい」

腰を回転させると、中で竿が当たって気持ちよかった。腰をあげさげすると、擦れ、奥を突かれて、たまらなくなる。

口を半開きにして己の快感を貪る菫青を、伯爵は愛し気に見つめる。

そして、菫青の赤く濡れた唇に、唇を重ねた。

「ふ……」

唇を舐められ、そして舌を絡め取られた。伯爵の唾液が口いっぱいに広がって、菫青の喉に注ぎ込まれる。

それは、喉から全身に伝わって、射精したばかりの菫青の竿がゆるりと勃ちあがった。

「し、しょう……も、ダメ。腰、動かせない……」

菫青の太腿が小刻みに震え、座っているのがやっとだった。すがりつくように伯爵の肩に爪《つめ》をたて、浅い呼吸をくり返す。

下半身がトロトロに蕩けた弟子を見やると、伯爵が菫青の乳首に手をやった。

軽く指で挟まれただけで、股間が疼く。二度、三度とこねられて、そこが尖った。

「あ、あ、あ……」

あえぎ声をあげると、伯爵が嬉し気に口角をあげた。

「すっかりここでも感じるようになったな」

「食餌のたび、いじられてた、から……」

「おまえが優秀な弟子で嬉しいよ」

伯爵が乳首をいじっていた右手を口元に運んだ。人さし指を舐め、その指で菫青の胸の突起をなであげる。

「ん、あっ……っ」

伯爵の唾液は媚薬のように菫青の体に作用する。

唾液を擦りつけられた乳首が、じんじんと甘く痺れ、菫青の竿がそそり勃つ。

あぁ……気持ちいい……。気持ちよすぎて、また、イけちゃいそう。

「体位をかえるか。おまえは横になれ」

伯爵がそういって菫青の体をシーツに横たえる。その弾みで、菫青の中から楔が抜けた。

襞が擦れる感触に、菫青の下腹部が弾み、再び先端から蜜が流れる。

伯爵は菫青の股を大きく開かせると、そのまま膝を立たせてM字に開脚させた。

この体勢だと、俺のあそこ、師匠に丸見えだ……。

菫青の心のつぶやきを反映するように、伯爵の視線が昂ぶった陰茎から袋、そして平らな部分を経て、後孔に至る。

見られると、感じる……。

視線の愛撫に、ぽっかりと口を開いた穴がひくついた。

内壁は熱く蕩けて、再び逞しい肉に満たされたいと疼いている。

伯爵が己の竿を握って秘穴に当てた。そのまま上体を倒して、菫青の胸元に唇を寄せる。

「え……？」

すっかり挿れられると思っていた菫青の予想が外れた。伯爵は自らの性器を菫青の股ぐらに擦りつけながら、胸の飾りを吸いあげている。

「あ、え、んっ……。や、嫌……っ」

乳首を唇で愛撫されるのは初めてで、指とは比べものにならない快感が菫青を襲った。

気持ちいい。確かに、気持ちいいけど……、でも、今はこれじゃなくて……。

先端に突つかれ、竿に擦られ、秘部はすっかり興奮している。

また、あの肉を挿れたい、壁で感じたい。呑み込んで、精を貪りたい。

「師匠、師匠……っ。ん、はぁ……っ」

じれったくて、もどかしくて、けれども胸への愛撫は気持ちよくて。でも足りない。

菫青の腰が揺らめき、頭の中がどんどん白く濁ってゆく。

「どうした？　乳首は気持ちよくないか？」

「気持ちいい……けど……そうじゃ、んっ、なくて……っ」

答える間に、伯爵が唾液を突起に垂らし、それから音をたてて吸いあげる。淫猥《いんわい》な音と胸への愛撫に、菫青がのけぞった。

間髪入れずに、伯爵の亀頭が菫青の裏筋をなであげる。性器同士が触れて、今までとは違う快感があった。

「こういうのも、いいだろう？」

「いいっ、でも……違っう……っ」

「では、おまえはどうしてほしい？」

伯爵が菫青と己の性器を同時に握り、しごきはじめる。

欲情と混ざりあった熱が、直接竿に伝わる。裏筋が擦れて、先走りで濡れた亀頭に継ぎ目を擦られて、瞬く間に菫青の茎が張りつめた。

熱い熱い熱い。イきそう。でも、寂しい。

穴が空っぽでもどかしい。

「挿れてほしい、です」

「イくよりも、挿れてほしいか？」

問いを重ねられて、こくこくと菫青がうなずいた。

「……もう少し上手におねだりしたら、挿れてやろう」

「し、師匠、俺のっ、穴に挿れてください」

あえぎながら欲望を口にすると、伯爵が陰茎から手を離した。

あぁ、挿れてくれるんだ。

期待して伯爵を見あげると、違う、というふうに首をふられた。

失望に菫青の胸が痛くなる。半泣きになって恨めしげに伯爵を見つめ返した。

「淫魔だったのなら、もう少し上手にいえるだろう？」

「……上手、に？」

「そう。俺が挿れたくなるように、だ。さぁ、いってみろ」

猫が獲物を捕まえて、すぐには食べず、もてあそぶように、伯爵は菫青を翻弄《ほんろう》する。

師匠が……気に入るような……？　あぁもう、頭がぐずぐずで、考えられない。

菫青が震える両手を股間にやった。秘所に手をやり、左右に開いて、中が伯爵に見えるように広げた。

「師匠のために作った穴に、ペニスを挿れて……。中をいっぱいに、して、ください」

「…………」

菫青にできる精いっぱいの雄を煽《あお》る行為に、伯爵はしばし無言でいた。

待つ間の一秒一秒が、とてつもなく長く感じる。

ダメ、だったのかな……。もっと他のやり方がよかったのかな……。でも、俺、もうわかんないよ。

目頭が熱くなり、まばたきすると涙がこぼれた。

「まあ、いいだろう。お望み通り挿れてやる。おまえは、コレが欲しいのだろう？」

伯爵が膝立ちになり、これみよがしに勃起した陰茎を見せつける。

食い入るような目をして菫青がうなずくと、ようやく、先端をそこに当てた。

「――っ！　んっ!!」

挿入は、一瞬だった。

乱暴なほど強引に切っ先を挿れると、一気に楔を奥まで突きたてた。

擦れて、満たされ、貫かれて、その衝撃に、菫青は達していた。

「あ、あ、あぁ……っ。ん、っう……っ」

精を吐くたび、肉筒が男根を締めあげる。粘膜はやっと訪れた愛しい人を離すまいというように、楔にまとわりついていた。

伯爵は、菫青が射精する間、肉壁の愛撫を堪能《たんのう》するかのように、身動きせずにいた。

水色の瞳が菫青の股間を、白濁の散った腹部を、情欲で潤んだ青紫の瞳を順に見やる。

そして、伯爵が放心する菫青の手を取り、指先に口づけた。

「まだ、俺はイってない」

そう告げると、伯爵は菫青の腰を両手で抱えた。ゆっくり竿を抜き、力強く奥まで突く。

「あ……っぁあ……」

達してもなお、粘膜は熱くざわついている。擦られ、突かれて興奮し、凌辱《りょうじょく》されて歓喜した。

中から蕩けて、気持ちよくて、たまんない。

俺、師匠の穴になってよかった。こんな快感が、この世にあるなんて。

「師匠……」

菫青が腕を伯爵の背中に回した。そして、二度と無断で抜かせない、とばかりに両脚を伯爵の腰に絡めた。

「随分と必死じゃないか。そんなにコレが気に入ったか？」

菫青の中をかき回しながら伯爵が尋ねる。

「すごく、いいっ、……です」

潤んだ瞳に浮かぶ色は本物で、伯爵が愉悦そのものといった笑みを浮かべた。

「もっと、もっと……気持ちよくして、ください」

「いいだろう」

伯爵が菫青の太腿をなでると、抜き差しを再開した。伯爵が楔を穿つたび、肉と肉のぶつかる淫猥な音が寝室に響く。

「いい、いい……。師匠、もっとぉ……」

我を忘れて菫青が伯爵にしがみつき、あられもなく欲望を口にする。

その求めに応じるように、伯爵が抜き差しのスピードを速めた。

中で感じる楔は、太さも硬さも増していた。内壁と密着した状態での抜き差しは、ひと突きごとに菫青を昂ぶらせてゆく。

「あぁ、あ……。んっ、んっ！」

後孔の熱はこれ以上にないほどで、その熱が全身に回り、菫青の思考を奪ってゆく。

いい。いい。気持ちいい。

強い刺激に感じながら、菫青はただただあえいだ。

伯爵の抜き差しがいっそう速まり、立て続けに奥を突く。

「イくぞ」

早口でいうと、ひときわ大きく腰を引き、一度、二度と浅く突き、最後に深く強く菫青を楔で貫いた。

次の瞬間、菫青の内奥に、熱い飛沫が放たれる。

「あぁっ。あ、ん……っ。んん……っ！」

火照って蕩けた肉壁は、震えながら白濁を受け止める。

襞は精液というご馳走《ちそう》を、砂地が水を吸い込むように吸収した。

一滴でも多く精が欲しいというように、びくびくと粘膜が陰茎を締めあげる。

「ほら、いい加減離せ」

伯爵が菫青の頬を軽く叩く。

菫青の瞳は焦点が合っていない。半ば夢うつつのような表情で、菫青が伯爵を見た。

「ふわぁ……師匠……」

「どうだった、初めてのセックスは」

「最高でしたぁ……。穴作って、よかった。本当によかった」

菫青が改めて両腕を伸ばし、伯爵の体を抱き締める。伯爵は水色の目を細め、菫青の体を抱き返した。

師匠の体、熱い……。汗ばんでて、肌が密着して……こういうの、すごくいい。

「師匠、師匠も気持ちよかった？　俺の穴、よかったですか？」

目を閉じて菫青が尋ねる。

「よかった。あともう何回かやってこなれたら、もっと楽しめるだろうな」

「もっと、してくれるんですか？」

「もちろん。おまえはこれっきりのつもりだったのか？　俺と愛欲にまみれた爛れた日々を送るんだろう？」

伯爵が菫青の髪をなで、手櫛《てぐし》で乱れた髪を梳《す》く。

「はい！　いっぱい、いっぱいしましょうね。俺、師匠とたくさんしたいです」

これからへの期待に青紫の瞳が輝く。

伯爵は魅入られたようにその眼を見つめ、そして「そうだな」と、短く、しかし力強く、うなずき返したのだった。

フランス北部、グラン・テスト地域圏――女神の神域があるエリアだ――に、伯爵の本邸はあった。

交通の要衝、古都ストラスブールから車で三十分。肥沃《ひよく》な土壌に恵まれた、農業の盛んな一帯だ。

本邸の敷地は広大で、中にはちょっとした森や泉もあり、小川が流れている。また、伯爵の霊薬の材料となる植物を栽培しており、その世話のため人工精霊も多く住んでいた。

菫青と性交し、たっぷり生気を与えた後、伯爵は本邸に菫青を連れて行った。

そのまま空港へ直行して日本へとんぼ返りし、綾乃の弁護士の協力を得て無事に指輪を取り戻していた。

鈴木と義武は、やはりグルだった。学生時代に知り合った、いわゆる〝悪い友達〟で、鈴木は義武をカモにして金を巻きあげていたということだった。

貸金庫の宝石を売り払うという案は鈴木から出たものだったが、どうやって貸金庫の鍵を入手するかを呑み屋で相談していた際に、山根に声をかけられた。

山根とはその時が初対面で、ふたりとも最初は胡散臭《うさんくさ》く思っていたが、『無料で鍵を手に入れてあげます』という言葉を山根が実行したことで、信頼するようになったという。

次第に三人の中で山根が主導権を握るようになり、綾乃に淫魔――菫青――を憑かせるのも、山根の発案であったという。

母親が死ねば、遺産が入る。学園の理事長にもなれるかもしれないという甘言に、義武が乗った形だ。

その山根は、指輪を義武に渡した後は、ぷっつりと連絡が取れなくなったという。

元々、スマホで連絡先を交換しただけで、その連絡先も、闇ルートで入手したものらしく、山根の足取りは完全に消えてしまった。

そこまで義武から聞き出したところで、息つく間もなく伯爵はこの本邸に帰宅した。

「菫青はどうした？」

本邸に着いて早々玄関で、執事とも呼べる人工精霊のアーヘン——核はシャーレンブレンドで、古代ケルト族のドルイドが儀式の際に用いていた石だ——に、伯爵が尋ねる。

「若君は、散歩に行くとおっしゃっていました。誰か、迎えをやりますか？」

「いや、いい。俺が行く」

メイドの人工精霊を呼ぼうとしたアーヘンを制して、伯爵は旅装のまま玄関を出た。

少し意識を凝らせば、菫青がどこにいるかすぐわかる。長旅の疲れはあったが、五日ぶりに菫青に会えるとあって、伯爵の足取りは軽かった。

十月も終わりの風が、涼やかに牧草地を駆け抜ける。菫青は、霊薬の原料を栽培する畑を見おろす丘にいた。

丘の上には、伯爵がこの地を入手する前から生えている栗の木がある。樹齢は三百年を超えた老木だ。

実をつけた栗の木の下で、真っ白い仔馬のユニコーンが座っている。

それは、幻想的で美しく、中世や近世の画家の筆による聖画のような光景だった。

伯爵が丘を登ると、まぶたを閉じていた菫青が目を開いた。

「師匠！」

菫青はぴょんと地面に立ちあがると、どうしようかというふうにたたずみ、そしてざっくりした模様編みの白いセーターと濃茶のズボンをはいた人の姿に変身して駆け出した。

「お帰りなさい」

半ばジャンプするように伯爵に抱きつくと、菫青が嬉しそうに広い肩に顔を埋めた。

「ただいま。いい子で留守番していたか？」

「はい！　そういえば、俺、人型に変身した時、服を着られるようになったんです！」

菫青が頬を紅潮させて報告する。

「執事のアーヘンさんにやり方を教わったんです。あの人、すごいですね。いっぱい魔法を使えるんですよ」

「あれは、ケルトの遺跡で見つけた石が核だから、俺より古代魔術に関しては詳しいんだ。……いい師匠を見つけたな」

「俺の師匠は、師匠だけです。アーヘンさんは、先生です！」

師匠と先生は違う、というふうに菫青が真面目な顔で主張する。

伯爵が菫青の肩を抱き、屋敷に向かって歩きはじめた。

大股で歩く伯爵の横を、菫青が速足でついてゆく。

「着替えてシャワーを浴びて、ひと息ついたら、日本での話をしよう。マダムがおまえに会いたがっていたぞ」

「綾乃さんの指輪、どうなりましたか？」

「それは後で話す。そうだ、おまえの調子がよくなったら、日本に行こうか」

「いいんですか！」

キラキラとアイオライトの瞳が輝く。その美しさに見とれつつ、伯爵がうなずいた。

「あくまでも、おまえの調子次第だ」

「でも、師匠がたっぷり生気をくれるんでしょう」

わずかに蜜を帯びた声で菫青がいった。

「当然だ」

「じゃあ、今すぐだって大丈夫ですよ」

あくまでも楽天的に言い放つと、菫青が声をあげて笑った。

「ここでの生活には慣れたか？」

「聖地には及びませんけど、自然のエネルギーがいっぱいで、すごく調子がいいです」

「それはよかった。聖地に及ばない分は、俺が注いでやるからな」

伯爵が菫青の尻を摑むと、菫青が嬉し気にうなずいた。

「ところで、あんなところで何をしていた？」

「え……っと、今、俺はお日さまの光を浴びてもどこも痛くないし、木に触っても葉っぱが落ちないじゃないですか。それで、毎日散歩していたら栗の木の精霊のお爺《じい》さんと友達になって、お喋りしてるんです」

新しい友人ができたのが嬉しいのか、幸せそうに菫青がほほ笑む。

「俺、淫魔のままでもよかったけど、今の俺になれて本当によかったです。栗の木のお爺さんも、俺が来てくれて嬉しいっていってくれて……本当に、こんな幸せになるなんて、淫魔だった時は、想像もできませんでした」

小さな幸せを、菫青はまるで宝物でももらったかのように話す。

そんな菫青を見ていると、伯爵も満たされた気分になった。

「さっきは、お喋りしてたらお爺さんが寝ちゃって。俺は、伯爵の畑を見てたら……すごく幸せだなぁって思ったんです。そういえば、栗の木のお爺さんがいうには、俺が幸せでいると、この土地の植物がみんな幸せになるんだそうです。だから、いつも幸せでいるんだよって。師匠はどう思いますか？」

「そうだな……」

菫青の言葉に、伯爵は地所を見渡した。

落葉樹や牧草が、蒼天《そうてん》の下、日の光を浴びて黄金に輝いていた。

胸を打つほどに美しく、晩秋の豊かさを感じる風景だった。

豊穰《ほうじょう》の女神、エポナの愛し仔は、そこにいるだけで植物にとって、喜びだ。

菫青が幸せならば、彼らはその幸せに同調して豊かに育ち、菫青が悲しければその身を枯らして、菫青に命を――愛を――与える。菫青は、そういう存在なのだ。

「栗の木のいう通りだ。今までにないほど、この土地の植物が生き生きとしている。この分なら、畑の作物の出来も今後はずっとよくなるだろう。おまえのおかげだな」

「俺でも師匠のためにできることがあるんですね」

はにかんだ笑みを浮かべると、突然菫青が走り出した。十メートル先まで行くと立ち止まり、そして、くるりとふり返る。

「すっごく嬉しいです。全部、全部、師匠のおかげです。ありがとうございます」

ぺこりと頭をさげると、菫青が駆け寄ってきて伯爵の腕にぶらさがるように摑まった。

伯爵がいるだけで、嬉しくて嬉しくてたまらない。そう全身で表している。

そして、表情にこそ出さないものの、伯爵は菫青が愛しくてならなかった。

「この年になって、これほど愛しい者ができるとは、思ってもいなかったな……」

風に流れて消えるほどの小さな声で、伯爵がつぶやいた。

幼いユニコーンは、自然界の宝であり、この地のすべての植物にとっての愛し仔だった。

ただ、本人だけが、その真価を知らずにいる。

いつまでも、守り、慈しもう。この青紫の宝石を。

伯爵が足を止めると、菫青もいぶかしげな顔で立ち止まる。

そうして、伯爵は身をかがめ、小さな愛しい恋人に口づけたのだった。

あとがき

はじめまして、こんにちは。鹿能リコです。このたびは、『ポンコツ淫魔とドSな伯爵』を、お手にとってくださいまして、ありがとうございました。

この小説は、とある方からのアドバイスにより、プロット段階から本文まで、今までとやり方を変えています。そのおかげで、少しだけですが、自分に合った小説の書き方がわかりました。アドバイスをくださった方には、感謝の思いでいっぱいです。

主役の菫青も、非人間を主役に設定したことがなく、最初はどうしようかと困惑したのですが、書くうちに「この子は淫魔じゃない、むしろ蝙蝠なんだ！」と認識を変えた瞬間、菫青のポンコツキャラクターがくっきりと浮かびあがりました。

それ以降は、どこまでポンコツにできるかと、前のめりで書けました。

また、菫青の〝イメージで肉体が変化する〟設定は、女体化、幼児化、はては妊娠出産まで可能だと、書いた後に気がついて、その後もついうっかり妄想がたぎりました。

もうひとりの主役、伯爵は歴史上の人物が元なのですが、これもまた初めての経験でした（そもそもモデルにした人物が「本名不明」のため、作中の氏名は適当です）。

当然、私自身の思考や認識の枠を超えた人ですので、内面描写等に不安があったのですが、書く作業自体は非常に楽しく、なんとか形にできて本当によかったです。

本当に初めてづくしの今作は、それ故に、とても大切な小説になりました。

最後に、この小説を世に出してくださいました、編集様に、心よりの感謝を！ 今回は、締め切りのかなり前に書きあがって提出できたので、本当によかったです。

そして、素敵な挿絵をつけてくださいました、れの子先生にも、感謝を。

とにかく、伯爵が！ お貴族様で!! 淫魔がそそうをしたら、絶対にエッチなお仕置きをしそうな雰囲気が、もう、たまりませんでした。淫魔も元気でかわいく、スタイルもよくて、とにかく服装が凝っていて！ 感動しました。ユニコーンは可憐で、蝙蝠もかわいらしかったです。ありがとうございました！

それでは、ここまで読んでくださいましたすべての方に感謝を捧げます。少しでも楽しんでいただければ幸いです。

鹿能リコ

本作品は書き下ろしです。

ラルーナ文庫

この本を読んでのご意見・ご感想・ファンレターなどお待ちしております。〒111-0036 東京都台東区松が谷1-4-6-303 株式会社シーラボ「ラルーナ文庫編集部」気付でお送りください。

ポンコツ淫魔《いんま》とドSな伯爵《はくしゃく》

2019年11月7日 第1刷発行

著　　者｜鹿能《かのう》 リコ

装丁・DTP｜萩原 七唱

発 行 人｜菅 仁警

発 行 所｜株式会社 シーラボ
〒111-0036 東京都台東区松が谷 1-4-6-303
電話 03-5830-3474／FAX 03-5830-3574
http://lalunabunko.com

発　　売｜株式会社 三交社
〒110-0016 東京都台東区台東 4-20-9 大仙柴田ビル 2 階
電話 03-5826-4424／FAX 03-5826-4425

印刷・製本｜中央精版印刷株式会社

ISBN978-4-8155-3224-6